メディアワークス文庫

# どうも、前世で殺戮の魔道具を作っていた子爵令嬢です。1

優木凛々

# 目　次

# 第一章

## プロローグ　子爵令嬢、婚約破棄現場に介入する

春を感じさせる風が吹く暖かい冬の日の、お昼前。

ブライト王国にあるセントレア貴族学園の卒業パーティにて、その騒動は発生した。

「コンスタンス！　お前が私の婚約者であることを笠に着て、プリシラの私物を取り上げた挙句に呼び出して乱暴したことは分かっている！　今すぐ罪を認めろ！」

大講堂の高い天井に響き渡る、若い男性の怒気を含んだ声。

色鮮やかなドレスやタキシード姿の生徒たちが、肩をびくりと震わせて声の方向に目をやると、会場中央に設置された春の花で美しく飾られた大テーブルの横に、四人の人物が立っていた。

金髪碧眼のいかにも女性にモテそうな容姿をした、第一王子ナロウ。王子にべったりくっついているピンクのふわふわ髪のあざとい表情の、男爵令嬢プリシラ。

二人に対峙しているのは、王子の婚約者である銀髪青瞳の麗人、公爵令嬢コンスタ

ンスと、彼女を守るように立っている、彼女の兄であり護衛騎士役でもあるオスカー。
『王子とその愛人』対『婚約者とその兄』という、小説にでも出てきそうなシチュエーションに、生徒たちが好奇の目を向ける。

会場中の視線が集まるなか、婚約者コンスタンスが、顔を青ざめさせながらも冷静に口を開いた。

「殿下、先日から申し上げておりますが、わたくしはそのようなことをしておりません」

王子は眉間にギュッとしわを寄せて、声を張り上げた。

「往生際が悪い！　お前にプリシラの教科書やドレスの破損を何度も命じられた令嬢や北の廃校舎に呼び出すように言われた令嬢が名乗り出てきているのだぞ！」

王子に胸を押し付けるように縋（すが）りついていたプリシラが、目に涙をためながら震える声で言った。

「わたし、何度も廃校舎に呼ばれて、いじめられました！　コンスタンス様と知らない人たちに囲まれて突き飛ばされて、この通り傷が！」

プリシラがピンクのひらひらした袖を捲（まく）ると、そこには痛々しい傷跡。

周囲を囲んでいた生徒たちから「まあ、酷（ひど）い」「まさか本当なのか」といった声が漏れる。

王子が勝ち誇ったように顎を上げると、人差し指をコンスタンスに突き付けた。

「権力を振りかざして弱い立場の者をいじめ、あまつさえ暴行を加えるなど、言語道断！　そんな女は王妃にふさわしくない！　婚約を破棄する！　衛兵！　今すぐこいつを暴行と窃盗の罪で連行しろ！　牢に閉じ込めておけ！」

オスカーが、真っ青な顔をした妹を庇うように前に出た。

「妹は何もしていないと言っております。片方の言うことだけに耳を傾けて断罪するなど、あっていいことではございません。調べ直しを具申いたします」

王子が、ギロッとオスカーを睨んだ。

「いくら兄とはいえ、騎士が犯罪者を庇い立てするなど許せることではない！　こいつも連れていけ！」

王子の言葉に、会場を囲むように配置されていた衛兵たちが、兄妹を取り囲むようにゆっくりと動き始める。

オスカーが、そんな彼らを冷えた表情で見据える。

まさに、一触即発。そんな空気のなか、

「……あの、すみません」

静まり返った会場に、女子生徒の抑揚のない声が響き渡った。

場の雰囲気に圧倒されていた生徒たちが、はっと我に返って振り向くと、そこには赤い瞳が印象的な、どこか淡々とした雰囲気の小柄な女子生徒が立っていた。茶色の髪を黒いリボンで二つに結んでいる。

「なんだ、お前は！」

神経質に指で腕をトントン叩(たた)きながら、機嫌が悪そうに問う王子。

彼女——この物語の主人公であるクロエは、冷静な表情で王子を見ると、ゆっくりと口を開いた。

「お取り込み中、申し訳ないのですが、何点か訂正させていただいてもよろしいでしょうか」

「……は？」

呆気(あっけ)にとられる生徒たち。

王子たちの、お前は何を言っているんだ、とでも言いたげな反応をながめながら、クロエは心の中でつぶやいた。

(さようなら、わたしの平和な研究生活)

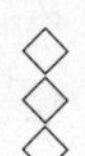

なぜ彼女が、自分の平穏を捨ててまで、王族に意見しようとしているのか。
それは彼女が二歳のときに『もうお天道様(てんとうさま)の下を歩けないことは絶対にしない』と誓ったからだ。

# 一．婚約破棄介入に至るまで

## （一）学園に入学するまで

夜中に目を覚ますと、彼女は見覚えのない場所に寝ていた。

広い白壁の部屋に大きな窓。窓から差し込む月明かりに照らされた、たくさんのぬいぐるみたち。

「……ここ、どこ？」

まるで可愛らしい女の子の部屋みたいだわ、と思いながらベッドから体を起こして、彼女は思わず頭を押さえた。

「……っ」

襲ってきたのは、激しい頭痛と膨大な記憶。

やたら広く感じるベッドの上を、頭を押さえながらゴロゴロと転げ回り、頭痛が治まる頃には彼女は全てを思い出していた。

（わたし、どうやら、うまれかわったみたいね）

クロエ・マドネス、二歳になったばかりの春の出来事だった。

前世のクロエは、『魔道具オタク』だった。

小さい頃、古い銃をこっそり分解して以来、魔道具の魅力に取り憑かれた。

「なんて面白いものなのかしら！」

彼女は街の図書館に通って魔道具の本を読み漁り、捨ててある廃材を組み合わせて見よう見真似で魔道具を作り始めた。

そして、学校の自由研究で提出した廃材を使った魔道具銃が、有名な魔道具師の目に留まり、彼女は国の研究機関の特待生になった。

「お金を湯水のように使って研究させてくれるだなんて、なんて素敵な場所なの！」

彼女は研究所に住み込み、寝る時間以外のほとんどを使って魔道具の研究開発に没頭した。

引き籠もって研究開発に明け暮れている様子に、他の研究員たちからは『引き籠もりの魔道具オタク』と呆れられていたが、そんなものは気に留めず、ただひたすら魔道具道を邁進し、二十歳になる頃には国の筆頭魔道具師になっていた。

しかし、当時は戦乱の世で、魔道具といえば『兵器』。

彼女は使用用途もよく考えず、国に言われるがまま機能を追求し、周囲を火の海にできる大砲や人を洗脳する道具や光線を出せる銃など、人を傷つけるための兵器を大量に生み出してしまった。

とんでもない兵器を作ってしまったことに気がついたのは、彼女が二十代になったばかりのとき、学会に出るために初めて王都を出たときのこと。

国境付近を走る列車の窓から、自らの魔道具が破壊と殺戮のために使われているのを見てしまったのだ。

自分の開発した魔道具から発せられた光線が多数の人間を薙ぎ払う様を見て、彼女は恐怖に震えた。

（ああ、研究に夢中になって、わたしは何ということを……）

薄々思ってはいた。恐らく戦争の道具に使われるのだろうなと。

しかし、思っているのと実際に見るのとでは大違いで、彼女は心の底から後悔した。

言われるがまま作り、生み出した魔道具が褒められるのが嬉しくて、どんどん開発した結果、とんでもないことをしてしまった、と。

だから、数日後に敵国からの攻撃で魔道具研究所が火の海になったとき、心底ホッとした。もう自分の魔道具（こどもたち）に、人を殺させずに済む、と。

そして、仲間の研究員を全員逃したせいで逃げ遅れた彼女は、燃え盛る研究所の真ん中に跪（ひざまず）くと、心から神に祈った。

もしも自分が生まれ変われるのであれば、また魔道具に携わる仕事がしたい。この知識を使って、今度は人々の平和な生活を守るためのものを作りたい。

そして、気がつくと、顔色の悪い疲れた研究員から一転、赤い瞳をした可愛らしい女の子の姿になっていた、という次第だ。

記憶が戻った、次の日の夜。

彼女はランプに照らされた可愛らしい部屋で、鏡に映る幼い自分の姿をながめながら、ため息をついた。

（わたし、ほんとうに、うまれかわったのね）

心のどこかで「いやまさか」「本当は夢なのでは」などと思っていたが、今日一日過ごしてみてよく分かった。これは夢ではなく現実だ。

（ということは、わたし、やっぱりしんだのね……）

前世の最期を思い出して苦しい気持ちになるものの、彼女は思った。

（これはきっと、かみさまがくれたチャンスだわ）

今日家の中を歩き回って、この世界に魔道具らしきものがあることが分かった。

知識がある状態で魔道具がある世界に生まれてきたのだ。きっと「生まれ変わったら魔道具で人々の平和な生活を守りたい」という前世最後の願いを、神様が聞き届けてくれたということに違いない。

彼女は神に感謝すると、天を仰いで誓った。

もう二度とお天道様の下を歩けないことは絶対にしない。今世では、人々の平和な生活のために尽力しよう。


翌日から、彼女は生まれ変わった世界の知識を猛スピードで吸収しながら、周囲を注意深く観察し始めた。

（どうやら、わたしの生きていたじだいから、せんねんいじょう、たっているみたいね）

家にあった歴史の本によると、前世の彼女の死後、彼女に殺人兵器を作らせたリエルガ帝国とその周辺国は滅びてしまったらしい。

本には『今から千年から二千年前、高い文明を持った国があったが、大規模な噴火により、その周辺国と共に滅びた』とあった。

記憶を頼りに地図で確認したところ、噴火の後に地殻変動が起きたようで、帝都だった場所とその周辺は、平野から山地へと変わっていた。

大陸の主要国が滅びたお陰か、長い年月を経たせいか。

魔道具は、殺人兵器から人々の生活を便利にする物として、その役割を大きく変えていた。

たくさんの理論が失われていたが、その代わり研究し甲斐のありそうな新しい理論が生まれており、それらが当時よりずっと有用な使われ方をしていた。

温かいお湯を出す箱や、部屋を暖める箱、物を冷やす箱といった生活に密着した魔道具をながめながら、クロエは思った。

（りそうきょうだわ）

この世界であれば、前世のように兵器を作らずに済むに違いない。

（……となると、もんだいは、まりょくりょうね）

この世界の人間は、誰もが魔力を持っている。

魔力量には個人差があり、魔道具を作るには、魔力量が一定量以上であることが必要になる。つまり魔力量が少なければ、魔道具師にはなれない。

（すくなくうまれていたら、どうしよう）

少し不安になるものの、五歳の誕生日に測定した際に、魔力量が驚くほど多いことが判明する。

安堵（あんど）した彼女は、娘の魔力量の多さを喜ぶ両親から「クロエは何になりたいの？」と尋ねられ、小さな胸を張ってこう答えた。

「わたし、まどうぐをつくる人になる！」

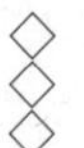

クロエが生まれたマドネス子爵家は、かなり変わった家だった。

領地は、ブライト王国の東に位置する農業地帯で、社交はほとんどせず自領に籠もり切り。

父は土壌研究の第一人者で、母は植物学の第一人者、治水や金属学などの専門分野に長けた年の離れた兄と姉に、農業や医学を得意とする親戚たち。

つまり、マドネス家は、引き籠もり気味のエキスパート集団だったのである。

そんな彼らは、クロエの魔道具バカぶりを当然のことと受け入れてくれた。

七歳にしては知識過多なことも全く気にせず、「クロエは天才に違いない！」と大喜びで魔道具の本をたくさん買い与えてくれ、彼女を全力で応援してくれた。

母が買ってくれた魔道具の構造解説書を参照しつつ、父が研究用に買ってくれた『温かいお湯の出る箱』を分解しながら、彼女はわくわくしながら思った。今世の技術もなかなか奥が深いようだわと。

知識を得ると、やりたくなるのが実践だ。

現代魔道具の知識が増えるにつれ、彼女は、実際に何か魔道具を作ってみたいと考えるようになった。

この世界に生まれて初の魔道具開発だ。誰かの役に立つものを作りたい。

そんなとき彼女の目に留まったのは、部屋に置いてある、たくさんのぬいぐるみたち。彼らをながめながら、彼女は思った。このこたちヒマそうねと。

「ちょっと、うんどうぶそくよね。てきどなうんどうができるように、してあげましょう」

彼女は、母親の裁縫箱からこっそりハサミや針、糸などを借りてくると、ぬいぐるみたちを魔改造し始めた。

体格に合った骨組みを作り、動く仕組みを組み込んで、動力である魔石を取り付ける。

その仕掛けをお気に入りのクマのぬいぐるみに埋め込むと、手を三回叩いたら不思議な動きで踊りだす不気味なぬいぐるみが完成した。

「できたわ！」

世界初の踊るぬいぐるみの完成である。

クロエは、出来上がった魔道具(ぬいぐるみ)をそっとベッドの上に置くと、「これからよろしくね」と、愛(いと)おしそうに撫(な)でた。今世で初めての魔道具の完成に、喜びもひとしおだ。

彼女は魔道具(ぬいぐるみ)を、ギュッと抱きしめた。

「おともだち、たくさんたくさん、つくってあげるからね」

それからというもの、クロエは部屋に籠もってぬいぐるみたちの改造に熱中し始めた。

最初は手足を動かすくらいだったのが、近所の犬を観察して四つ足歩行させたり、ぴょんぴょんとジャンプさせたり、目が光るようにするなど、技術がどんどん研鑽(けんさん)されていく。

しかし、事件が発生した。

遠くから雷の音が聞こえ、雨がしとしと降る、とある薄暗い日。

メイドがクロエの部屋を掃除している最中に、部屋の中に入った虫を追い出そうと偶然手を三回叩いてしまったのだ。

それを合図に一斉に動き出すぬいぐるみたち。

「ぎゃー!!」

腰を抜かして絶叫するメイドの目の前で、無表情なぬいぐるみたちが、手足を振り回したりジャンプしたり、目を光らせたりして迫ってくる。

その地獄のような光景に、駆け付けた母親は失神。姉は恐怖のあまり雨の中家を飛び出し、声変わりが終わった兄さえも女性のような悲鳴を上げる始末。

その日の夜、緊急の家族会議が開かれ、クロエは、ぬいぐるみを動かす仕組みを作ったこと自体は褒められたものの、人を驚かしたということで厳重注意を受け、「これからは何か作るときは絶対に家族に相談すること」と約束させられた。

(なるほど。なにかつくるときは、もっとかんがえないとダメなのね)

こういった失敗からも学んでいく。

　そして、彼女が九歳になったとき、転機が訪れた。

　お腹が空いて、おやつをもらいに台所に行った彼女は、客にお茶を出すのが大層な手間であることを見知ったのだ。

（いちいち水をくんで、火をおこさないといけないのね）

　温かい水を出す魔道具はあるが、沸騰するところまではできないらしく、客が来てお茶を出す時は、「火を熾す」「水を鍋に汲む」「火に鍋をかけてお湯を沸かす」という三つの工程を踏む必要があるらしい。

（ずいぶんと非こうりつ的ね）

　彼女は思った。お湯を素早く沸かせる魔道具を開発すれば、効率がグッと良くなるのではないかと。ついでに保温もできれば完璧だ。

（人もおどろかないし、べんりになる。完ぺきだわ）

　そして、一年半の試行錯誤の末。

「できたわ！」

　彼女は『魔導湯沸かしポット』の開発に成功した。

　それは、ティーポット型の魔道具で、下の台には魔石をはめ込む場所とボタンが二つ付いている。

ポットに水を入れて一つ目のボタンを押すとお湯が沸いて、もう一つのボタンを押すと沸いたお湯が保温される仕組みだ。

いちいち水を汲んで火を熾す必要のある現状と比べて、かかる手間も時間も大幅に削減できる。

(われながら、いいできだわ)

彼女は満足げに、ポットを抱きしめると頬ずりした。

「とってもステキよ。みんな、きっとあなたのことを好きになるわ」

自分の作った魔道具が、人々に愛されながら生活を便利にしていく様を想像し、胸を躍らせる。

喜び勇んで家族に見せに行くと、彼らはとても驚いた。

「これは素晴らしい！　クロエは天才だ！」

父が特許を取ったらどうだと勧めてくれ、クロエは初の特許を取得した。

その後、この魔道具が貴族家庭を中心に徐々に普及し、重宝されつつあると聞き、彼女は大いに喜んだ。

(この調子で、人々の生活向上のために、がんばるわよ！)

魔道具の研究や開発に、更に力を入れる。

しかし、苦難が訪れた。

十五歳の年に、この国の貴族の義務として、王都にある貴族学園に入学しなければならなくなったのだ。

夕食中に父母の口から『貴族学園』という単語を聞いて、クロエは眉間にしわを寄せた。響きからして嫌な予感しかしない。

一応父母に「学園で何を学ぶのですか」と尋ねたところ、貴族としての最低限のマナーや一般教養、人脈作りなどだという答えが返ってきた。

彼女は憮然（ぶぜん）とした。

(何よそれ、魔道具と全く関係ないじゃない。三年も無駄な時間を過ごすなんて、あり得ないわ)

前世のように若くして亡くなることもあるし、途中で何があるかも分からない。人生は短く時間は有限だ。大切な時間をそんな無駄なことに使いたくない。

そんなわけで、父母の前で「学園になんて行きたくない」と駄々をこねてはみるものの、

「クロエ、さすがに学園には行かないとダメよ」

「そうだな。貴族の義務だからな」

父母もこの国の貴族として生まれたからには、どうにもならないと困った顔をする。

それでも嫌だと騒ぐクロエだったが、父が提示してくれた「学園の隣にある王立大学で魔道具の研究をしている知り合いがいるから、そいつを紹介するということで、何とかならないか」という交換条件と、母の「もしかして、話の合う魔道具友達ができるかもしれないわよ」という説得を受け、「それならば」と嫌々ながら学園に通うことを了承。

そして、この数か月後。

彼女は、初めて作った魔道具である動くクマのぬいぐるみと魔導湯沸かしポットをお供に、渋々王都にある貴族学園へと向かうことになった。

## （二）学園一年生

貴族学園への入学当日。

春の晴れ上がった空とは裏腹に、クロエは暗い気持ちで学園内にある白壁の大講堂内で行われている入学式に臨んでいた。

貴族学園は、王都の中心にある貴族のためだけの学園で、その歴史は古く、最も古い校舎は三百年前に建てられたらしい。

クロエのいる大講堂も古い建物の一つで、高い天井には如何にも年代物といった風情の豪華なステンドグラスがはめ込まれている。

大講堂に集まった生徒は、約二百人。ほとんどが新入生で、学校全体の生徒数は五百人ほどらしい。

真新しいグレーの制服に身を包み、どことなく浮かれた様子の新入生に交じって椅子に座りながら、クロエはため息をついた。

（やっぱり来るべきじゃなかったわ。絶対に時間の無駄よ）

周囲から聞こえてくるのは、ファッションや化粧、観劇などの娯楽に関する話ばかり。

それが悪いとは言わない。人の生き方はそれぞれだし、好みも志向も違うのは理解している。でも、ここで魔道具に関する何かが学べるとは到底思えない。

（学園の卒業要件は、授業に真面目に出て単位を取ることと聞いたわ。最低限を最速で済ませて、あとは研究に時間を使おう）

頭の中で、如何に学園に関わらなくて済むかを考えるクロエの前で、どんどん進んでいく入学式。

そして式の終盤になり、新入生代表の挨拶ということで、金髪碧眼の見目の整った男子生徒が壇上に登った。

「まあ、ナロウ殿下よ」

「今日も素敵でいらっしゃるわ」

クロエの隣に座っていた女子生徒たちがキャッキャと囁きあう。

そういえば、お母様が「第一王子が同級生になる」って言っていたわと思い出しながら、クロエは壇上の男子生徒に目を向けた。

（あまり感じが良くないわね、顔だけ殿下って感じ）

そんな失礼なことを考えながら凡庸な挨拶を聞かされて、入学式は終了。

クロエの学園生活が幕を開けることとなった。

授業が始まり、クロエは自分の思うがままの学生生活を送り始めた。

住む場所は、学園内にある希望制の学生寮。

学園の隣にある王立大学には父の知人である魔道具研究の教授がおり、クロエは彼に気に入られて研究室への出入りを許可されたため、これ幸いと入り浸り始めた。

朝早く寮を出ると、学園の巨大図書館で魔道具の本を借りて勉強する。

時間ギリギリに教室に滑り込んで授業を受け、授業が終わるとホームルームにも出ず研究室に向かう。

平日は毎日門限ギリギリに寮に帰り、休日はほとんど研究室で過ごす。

学校の行事などは全てボイコットし、授業以外はひたすら魔道具研究に明け暮れた。

クラスメイトが「ちょっとあなた！」と目を吊り上げて文句を言ってきたが、そんなものはお構いなし。

誰もが呆気にとられるような前代未聞の不良学生だ。

前世がボッチの魔道具オタクで、今世では風変わりな家族に囲まれて育った彼女には、社会性や協調性が圧倒的に足りていなかった。

しかし、そんなある日。

研究室に向かおうと机の上を片付けている彼女のもとに、一人の女子生徒がやってきた。

コンスタンス・ソリティド公爵令嬢。

銀色の髪と美しい青い瞳が特徴的な、やや目つきが鋭い美人で、入学式のときに挨拶した第一王子ナロウの婚約者だ。

クロエは、コンスタンスが「ちょっとよろしいかしら」と近づいてくるのを面倒くさそうにながめた。どうせ他の女子生徒と同じように、ヒステリーに「あなた！　なんで行事に出ないんですか！　出るべきです！」と上から目線で騒ぐのだろうと思ったからだ。

(厄介だわ、なんとか早く済ませる方法はないかしら)

しかし、コンスタンスは予想外な行動に出た。

彼女は申し訳なさそうな顔で「お時間を取らせてごめんなさいね」とまず謝ると、こう尋ねた。

「クロエさんはなぜ行事に出ないのですか？　理由があるのでしょう？」

意外な質問に目を白黒させながら、クロエが「魔道具研究をしたいから時間がもったいない」と答えると、コンスタンスが「なるほど」とうなずいた。

「確かに、ホームルームや学園の行事は、魔道具には関係ありませんわね。でも、将来的にはどうかしら？」

「将来的？」

「ええ、魔道具の研究って大規模なものになると、お金も人もかかるでしょう？　そういった研究をするためには、パトロンが不可欠なのでは？　確かマドネス子爵当主の研究も多くの貴族の支援を受けているはずですわ」

確かに、とクロエは黙り込んだ。

以前、父から他の貴族の支援を受けていると聞いたことがある。前世でも、金にならない開発をするときは貴族の支援を募っていた気がする。

（将来的に大きな開発をするだろうというときに、お金が足りなくなるのは困るわ）

考え込むクロエに、コンスタンスがにっこり微笑(ほほえ)んだ。

「クラスメイトたちは皆さん貴族ですわ。あなたにとっては将来のパトロン候補です。そういった方々と顔をつなぐためにも行事には出た方がよろしいと思いますわ。悪印象よりも好印象の方がきっとお金も人も出してもらえます」

クロエは思案した。人生は短く時間は有限だ。なるべく有効に使いたいと思う。ただ、確かにコンスタンスの言うことにも一理ある。

（今時間の節約ができても、将来本当にやりたいことのためのお金に困るのは本末転

倒だわ）

そんなわけで、クロエは渋々ではあるものの、ホームルームや学校行事に出るようになった。

最初、クラスメイトたちからの風当たりは強かった。

「よく顔を出せたものだな」

「まあ、今更のこのこと出てくるなんて、図々しいですわよ」

そんな風に冷たく言われたりもしたが、その度にコンスタンスが笑顔で取りなしてくれた。

「まあまあ、皆さん、参加されるようになったのですから、よろしいではないですか。わたくしたちは、まだ一年生ですわ。もっと長い目で見て差し上げましょうよ」

公爵家の令嬢であり、第一王子の婚約者でもある彼女に言われると、「まあ、それもそうか」と納得してしまうらしく、クロエは徐々にクラスに馴染んでいった。

前世に引き続き、今も協調性や社会性がなきに等しいクロエと、如才なくコミュ力の塊であるコンスタンス。

正反対に見える二人ではあったが、意外と馬が合った。

コンスタンスは裏も表もない、ひたすら正直なクロエを好ましく思っていたし、クロエは、自分が不得意な人間関係分野に長けたコンスタンスを素直に「この人すごい」と思っていた。

そんなわけで、周囲が「あの二人合うのかしら?」と首をかしげるのをものともせず、二人はどんどん仲良くなっていった。

特にコンスタンスはクロエを事あるごとに気にかけ、魔道具研究の触媒を買うのにお金を使ってしまったクロエに、「仕方ありませんわね」と学食をおごってくれたり、貴族の礼儀を教えてくれるなど、生活力と社会性に欠ける彼女の面倒を何かと見てくれた。

(もしかして、これが「友達」というものなのかしら)

前世も含めて初めてできた「友達」と呼べる存在に、クロエは思った。

いつもお世話になっているばかりじゃ申し訳ない。自分も彼女に何かしてあげたい。

学園の図書館で、『友人との接し方』という本を見つけて読んでみると、その中に「誕生日などに手紙やプレゼントを贈って日頃の感謝を表す」と書いてあった。

(確か、クラスメイトたちが、コンスタンスの誕生日が近いって言っていたわ)

これはチャンスだわ、と素直に本の内容に従って、休みの日に街にプレゼントを買いに行く。

そして、散々迷って高めのハンカチを買ったその帰り、彼女は街の骨董品屋で衝撃的なものを見つけた。

（え！　これってまさか！）

それはショーウインドウに飾られていた、長い筒のようにも見える古い金属。

前世の魔道具『銃』であった。

クロエは目を見開いて立ち尽くした。頭をガンと殴られたような衝撃が走り、心臓がバクバクと音を立てる。

（まさか、前世の兵器が今世でも使われているってこと……？）

確かめなければと、ややフラつきながら店の中に入って、暇そうに座っていた店主に、「ショーウインドウに飾られているものは何ですか」と尋ねると、彼はやや面倒くさそうに教えてくれた。

「あれは古代魔道具ですよ」

「古代魔道具……？」

店主によると、古代魔道具とは、古代遺跡から見つかる遺物の一種らしい。

「千年以上前に火山噴火で滅んだっていう古代国で使われていた魔道具だっていう話

です」

その古代国って、きっとリエルガ帝国のことね、と思いながら、「動くんですか？」と尋ねると、店主が苦笑した。

「そりゃ無理ですよ。何せ千年以上前のものですからね。用途も不明ですし」

ほうほう、と熱心に話を聞くクロエ。

そんな彼女に気を良くしたのか、店主が得意そうに説明してくれた。

「私は専門家ではないので詳しくないですが、今の魔道具とは全く違う作りらしくて、最近では、『実は魔道具ではない別の何かなのではないか』と言い出す考古学者もいるらしいですよ」

「資料とか残ってないんですか？」

「火山噴火のときに一切全部吹き飛んだっていう話です」

古代魔道具は、考古学者が研究する他に、高級骨董品として裕福な貴族の間で取引されているらしい。

クロエは胸を撫で下ろした。もしかして千年前の殺戮の魔道具が今世でも使われているのではないかと思ったが、杞憂だったようだ。

（なるほど、『古代魔道具』とは呼んでいるけど、考古学的資料とか骨董品とか、そ

ういう風に扱っているということね）

確かに、前世の魔道具と今世の魔道具は、設計思想が根本的に違う。知識がなければ、そう簡単には分からないだろう。

内心安堵しながら、クロエは飾ってある『銃』をまじまじと見た。

それは、クロエが死んだ後に作られたものらしく、外から見ても彼女が知っている形よりも更に改良されているようだった。

用途を考えると複雑な気持ちになるものの、自分が死んだ後にどのような技術発展があったのか、分解して見てみたいと考える。

（でも値段が……）

店にあるもので一番安いものでも、貴族学園の三年分の学費の倍以上であった。

簡単に買えるような値段じゃないわね、とガックリと肩を落とす。

しかし、意外なところからチャンスが舞い込んでくる。

その翌日。学園にて、クロエはコンスタンスに購入したハンカチをプレゼント。

とても喜んでもらい、そのついでに「街で古代魔道具を見かけた」という話をすると、コンスタンスがにっこり笑った。

「あら、古代魔道具なら、うちに幾つか飾ってありますわ。見たいのならばぜひいらして」

さすがは公爵家、と思うのと同時に、知らない技術の分析ができるかもしれないわ！　と小躍りするクロエ。

学年末はコンスタンスが生徒会活動で忙しいということで、彼女は二年生に上がってしばらくしてから、公爵邸に古代魔道具を見に行くことになった。

## （三）学園二年生　前期

二年生になってからも、クロエは相変わらずの生活を送っていた。

学園に通う以外は、ほとんど隣の大学の研究室か図書館に入り浸り、魔道具の勉強に明け暮れる日々。

一年生のときと違うのは社交性が少し備わったことで、彼女はホームルームや学校行事など、最低限の学生活動に参加するようになっていた。

お陰で一年生のときには、好き勝手ばかりするクロエを嫌っていたクラスメイトたちも、「不器用だけど、裏表のない真面目な魔道具オタク」と認識を改め、親しげに接してくれるようになった。

（これもコンスタンスのお陰ね）

そんなコンスタンスは、年度末が終わったら落ち着くかと思いきや、二年生になってから更に忙しさが増していた。

聞けば、生徒会の仕事がどんどん増えているらしい。

この学園では王族が入学すると生徒会長になることが伝統的に決まっているようで、生徒会長になったナロウ王子を支えるために、婚約者であるコンスタンスが必死に働いているとのことだった。

（あの王子様、あまり頭が良さそうじゃなかったものね。コンスタンスも大変だわ）

そして、新入生の受け入れが終わり、コンスタンスの仕事が一段落した、とある休日の昼過ぎ。

クロエは学園まで迎えの馬車に来てもらい、ソリティド公爵家に向かった。

学園を出て貴族街に入り、立派な屋敷の間を通り抜けながら進む。

そして到着したソリティド公爵家は見たことがないほどの豪邸であった。

「な、なんて広いの！」

立派な屋敷が並ぶ貴族街の中でも目立って敷地が広く、敷地内に林や池があるのが見える。屋敷も驚くほど大きく、実家のマドネス家が五つくらいすっぽり入りそうだ。

立派な玄関の前で馬車を降りて、クロエは口をポカンと開けたまま巨大な屋敷を見上げた。

予想外の大きさに驚きを隠しきれないまま中に入ると、そこは見たことがないほど広いエントランス。まだ春先だというのに、一体どこから持ってきたんだろうと思うような色鮮やかな花があちこちに飾られている。

(公爵家ってすごいのね)

クロエが圧倒されていると、中央の大きな階段から、フリルのついた高そうなドレスに身を包んだコンスタンスが笑顔で下りてきた。

「いらっしゃい、クロエ。あら、制服なのね」

「ええ、何を着てくればいいのか分からなくて」

クロエの答えに、「それなら制服は正解だったわね」とコンスタンスが褒めてくれる。

手土産にと最近開発した新型魔導湯沸かしポットの入った箱を渡すと、「クロエらしいわね」と笑われた。

「ありがとう、とても嬉しいわ。でも、魔道具は手土産にしては高価すぎる場合が多いから、こういう時は貴族が出入りするようなお菓子屋さんやお花屋さんに行って、店員さんに相談すると良いわよ」

「なるほど、そういうものなのね」

「ええ。あと、わたくしたちは、まだ成人していない子ども同士ですので、二回目の訪問から手土産は必要ないわ」

貴族同士のマナーについてクロエに教えながら、コンスタンスが「こっちよ」と赤絨毯の敷かれた立派な階段を上がっていく。

クロエはそのあとに続いて階段を上がると、ふと階段の踊り場で立ち止まって、壁に飾られている祖先のものらしき大きな絵を見上げた。

「ここに飾ってあるのはご先祖様？」

「ええ、六代前からの肖像画よ」

「みんな強そうね」

「代々騎士の家系なの。私は祖父しか分からないけど、とても強かったわ」

ふうん、と言いながらクロエは肖像画をながめた。

どの絵もファッションや髪型、髭の形などは違うが、全員剣を持っている。

（ここ三百年くらいの武器の中心は剣なのね）

武器開発が進んでいないのは平和な証拠ね、と思いながら、「そういえば、ご家族は？」と尋ねると、両親は親善のため他国に行っており、長男は領地で経営を学んでいる、という答えが返ってきた。

「今、この館に暮らしているのは、わたくしと二番目の兄ね」

そう言いながら、コンスタンスは長い廊下の先にある高そうな調度品の置かれた広い部屋にクロエを案内してくれた。

部屋の真ん中には革張りの応接セットが置かれており、ローテーブルの上には美しい細工が施された箱が置いてある。

彼女はクロエに座るように勧めると、置いてあったその箱を開けた。

「これが我が家の古代魔道具よ」

「……素晴らしいわ」

クロエは、箱を覗き込みながら目を輝かせた。

それは、紛れもなく前世クロエの死後に作られたと思われる魔道具『銃』。街の骨董品屋で見たものより数段保存状態が良い。

「かなり昔に買ったものだから、元に戻せる範囲だったら分解していいそうよ」

「本当!? ありがとう」

クロエは、持っていた鞄からいそいそと分厚い布を出してローテーブルの上に敷いた。鞄から手袋を取り出してはめると、丁寧に古代魔道具を箱から取り出して、布の上に置く。そして分解に使う工具が入った箱を取り出すと、ローテーブルの上に置いた。

その様子を見て、コンスタンスが思わずといった風に吹き出した。

「手袋と工具を持ってきているなんて、ずいぶんと用意周到ね」

「魔道具を見るときの基本よ」

そんな会話をしていると、メイドが「失礼いたします」とお茶を持って入ってきた。

コンスタンスに近づくと何かを耳打ちする。

「まあ、夫人が」とコンスタンスが目を見開くと、少し面倒そうにため息をついて、申し訳なさそうにクロエを見た。

「ごめんなさい。急に再来週の舞踏会用のドレスの直しが入ってしまったみたいなの。少し席を外させてもらうわ」

「大丈夫よ、わたしはここで魔道具を見せていただいているわ」

クロエが古代魔道具をながめながら、どこから分解しようかと、指をわきわきと動かしながら答える。

　コンスタンスは口角を上げて、「まあ、これはしばらく一人にしてあげた方が良いのかもしれないわね」とつぶやくと、立ち上がった。

「じゃあ、この部屋には誰も入らないように言っておくから、ゆっくりして。何かあったらメイドが外に控えているから」

「ありがとう」

　そして、コンスタンスが部屋からいなくなると、クロエは、ふうと息を吐いて銃を見ながらつぶやいた。

「……さすがに、こうやって間近で見ると、色々と思い出してしまうわね」

　思い出すのは、前世の苦い記憶。この銃のように人を傷つける魔道具を大量に作った記憶に思わず顔が歪む。

　しかし、彼女はそれらの思いを吹っ切るように、ブンブンと頭を振った。

（千年以上も前に終わったことを考えても仕方ないわ。今わたしがするべきことは、知らない技術を学んで今世に生かすことよ）

　彼女は割り切るように息を深く吐くと、目の前の古代魔道具に「ちょっと中を見せてね」と丁寧に一言断った後、慎重に分解を始めた。

（知らない構造。間違いなく、わたしの死後に作られたものね）

ノートにメモを取りながら、次々と部品を外していく。

（なるほどねえ。わたしの時代より部品の数がずっと減っているわ。こんなに減らせるなんて、何か新しい技術が開発されたということなのかしら）

古代魔道具を全て分解し、部品一つ一つについて夢中で考察を進めていく。

そして、あともう少しで何か摑めそうだと考えていた、そのとき。

コンコンコン、とドアを軽くノックする音が聞こえてきた。

今いいところなのに！　と思いながら、「はい、どうぞ」と魔道具を注視したまま答えると、ドアがゆっくりと開かれ、そこには青い騎士服姿の長身の青年が立っていた。

コンスタンスと同じ銀色の髪に切れ長の澄んだ青い瞳、驚くほど整った顔立ち。容姿が整い過ぎているせいか、受ける印象は非常にクールだ。

（コンスタンスに似ている気がする。もしかして二番目のお兄様かしら）

とりあえず立ち上がると、ぎこちなく淑女の礼をする。

彼は、「失礼します」と部屋に入ってくると、作りもののような隙のない微笑みを浮かべながら、礼儀正しく騎士風の礼をした。

「はじめまして。コンスタンスの兄のオスカーです。王宮付き第一騎士団の副団長を務めております。妹がいつもお世話になっております」

「クロエ・マドネスと申します。こちらこそ、いつもお世話になっております」

よそ行きの笑顔を浮かべながら丁寧に答えるクロエ。

コンスタンスの話では、こういう場合は、天気の話や情勢の話などを軽くして友好を深めるのが貴族の礼儀らしいが、彼女は一秒でも早く分析の続きがやりたかった。

クロエは、オスカーに対してにっこり微笑んだ。

「コンスタンス様なら、舞踏会の衣装の直しがあるとのことで別室に行かれました。外に立っているメイドの方が行き先をご存じだと思います」

ここで無理に話す必要はないので、妹さんのところに行かれたらどうですか、と暗に言ってみる。

オスカーは「聞いていた通りの方のようですね」と面白そうに目を細めると、テーブルの上に目を移した。

「何をされているのですか？」

「古代魔道具の分解です。コンスタンス様からは許可はいただいております」

早く続きがしたいとテーブルの上をチラチラ見ながら、クロエがそっけなく答える。

オスカーは、興味深そうに「ほう」とつぶやくと、彼女を見た。

「私も見せてもらってもいいですか？」

「え？」

「実は先日、うちにある古代魔道具について有識者の方と話す機会がありまして、興味が湧いたのです」

クロエは思った。天気の話や情勢の話は遠慮したいが、魔道具のことなら話は別だ。しかも、古代魔道具の有識者の話とか、かなり興味がある。

「ええ。どうぞ」

分かりやすく態度を変えるクロエに対し、オスカーは一瞬おかしそうな表情を浮かべると、軽く口角を上げた。

「ありがとうございます。では見せていただくことにします。お茶、新しくしましょうか。同じものでいいですか」

「はい、お願いします」

「それと言葉遣いですが、無礼講でお願いできませんか」

「……いいんですか？」

「ええ、騎士団にいると、堅苦しいのが苦手になってしまってね」

マナーについては身分が上の者の申し出は基本受け入れるってコンスタンスが言っていたわね、と思いながら、「はい」とうなずく。

オスカーはメイドにお茶を頼んだ後、「失礼する」とクロエの正面に座ると、分解してある魔道具を感心したようにながめた。

「よくここまで細かく分解できたな。これは、うちにあった筒がついた古代魔道具か」

「はい、その通りです」

「先日聞いた有識者の話では、この形状のものは『武器』として扱われていたのではないかという話だった。主に女性や子どもの護身道具として使われていたのではないかと」

ふうん、とクロエが魔道具に目を落とした。

自分の時代のものではないから正解は分からないが、女性や子ども向けの護身用という見解はちょっと違う気がする。

異論がありそうな顔で考え込む彼女に、オスカーが「君はどう思う?」と興味深そうに尋ねる。

「そうですね、わたしが思うには……」

そう早口で言いながら、クロエは、バラバラの状態で説明しても分かりにくいわよねと素早く銃を組み立て始めた。

あっという間に組み立てられていく銃に、オスカーが驚いたように目を見張る。

彼女は、組み立て終わったそれを手に持つと、窓に向かって構えてみせた。

「これ、見てどう思われますか？」

「そうだな……。使い方は合っていそうだが、握りにくそうに見えるな」

「わたしも持ちにくいなと思います。では、オスカー様、同じように持ってみてもらえますか」

彼は、意外と男らしい大きな手で銃を握ると、軽く目を見開いた。

「馴染みがいいな」

クロエが目を輝かせながら身を乗り出した。

「そうなんです。わたしもそう思っておりまして、これは女性子ども用というよりは男性用として作られたと考えるのが自然だと考えます。この考察を裏付ける点は他にもありまして……」

魔道具のことになり、つい饒舌(じょうぜつ)になるクロエの話を、オスカーが相槌(あいづち)を打ちながら興味深そうに聞く。

そして話が一段落した後、彼は感嘆の声を上げた。

「非常に面白い見解だ。先日聞いた有識者の話よりずっと説得力がある。論文でも出してみたらどうだ。なんなら関係者を紹介してもいい」

クロエは顔を引きつらせた。前世の自分が死んだ後の魔道具の発展に興味はあるが、武器にはもう関わりたくない。

「け、結構です、わたしは考古学の専門家になりたいわけではありませんので」

動揺するクロエを見て、オスカーが思わずといった風に声を出して笑った。

「分かった。今の話は秘密にしておこう」

「はい。お願いします」

そのとき、コンコンコン、というノックの音と共にドアが開いて、コンスタンスが現れた。

彼女は部屋に入ると、目をぱちくりさせながら二人を交互に見た。

「お二人とも、ずいぶん楽しそうですわね。わたくしがいない間に一体何があったのですか？」

「古代魔道具の分解を見せてもらっていた」

機嫌が良さそうに答えるオスカーに、コンスタンスがくすりと笑った。

「お兄様、小さい頃に似たようなものを分解して、お母様に怒られていましたものね」

「……忘れた」

「ありましたわよ、覚えていますわ」

からかうように微笑みながら、コンスタンスが長椅子に座っている兄の横に座る。

クロエは並んだ二人をジッと見つめた。

「どうしたの？」

「お二人、とてもよく似ているなあと思って」

艶のある銀髪に透明感のある青い瞳、長い睫毛に整った顔立ち。見れば見るほどよく似ている。

コンスタンスが微笑んだ。

「ふふ、よく言われるわ。わたくしもお兄様も母親似なの」

「そうなのね。きっとお母様は美人なのね。とても綺麗だもの」

クロエの素直な賞賛の言葉に、オスカーが軽く咳き込む。

その様を見て、コンスタンスが声を上げて笑った。

「お兄様は、こうやってストレートに褒められるのに弱いのね。世の女性に教えてあげないと」

その後、楽しかったわとお礼を述べながら魔道具を片付けるクロエ。

そのまま帰ろうとするものの、コンスタンスとオスカーの二人に、「ぜひ」と食事に誘われ、広くて立派な食堂で美味しいご飯をご馳走になって帰ることになった。

そして翌日。学園でコンスタンスに改めてお礼を言うと、彼女は「こちらこそ楽しかったわ」と笑顔で言った。

「お兄様も楽しかったって顔をしていたわ」

「そうなの？」

「ええ、自分より古代魔道具に興味のある令嬢が初めてだったのだと思うわ。うちに来る女性はみんなお兄様目当てだから」

「言われてみれば確かにモテそうな気がするわ」と言うクロエに、

「本当に興味がないのね」とクスクス笑うコンスタンス。

「ぜひ、またいらして」

「ありがとう、また伺うわ」

そんなわけで、クロエとコンスタンスは、更に親しくなっていった。

## （四）学園二年生　中期

ソリティド公爵家で古代魔道具を分解分析させてもらって以来、クロエは以前にも増して古代魔道具にのめり込んだ。

銃を構成する部品の少なさを見て、彼女は自分が死んだ後に革新的な仕組みの開発がされたと睨んだのだ。

（わたしの予想が正しければ、魔道具を安価にできる可能性がある）

現在、魔道具はやや高級品という位置づけで、一般庶民には手が出ないものが多い。

しかし、新しい仕組みを開発できれば、そういった人たちに手が届く価格帯にできる可能性がある。あと、自分の死後の技術発展にも単純に興味がある。

（もっとたくさんの古代魔道具を見てみたい）

調べたところ、古代魔道具のほとんどが、隣国ルイーネ王国にある、入り組んで迷路のようになった地下洞窟（ダンジョン）から発見されるらしい。

ルイーネ王国は、前世のクロエがいた国の上にできた巨大な山と山地を有する隣の国で、複数の地下洞窟（ダンジョン）があるという話だった。

それをコンスタンスに言ったところ、彼女は気の毒そうな顔をした。

「マドネス家のような技術を持つ家の人間は、やむを得ない事情がない限りは、国を出ることが許されていないと聞いているわ……」

クロエは肩を落とした。

(仕方ないわよね……、そういうしがらみは、どこにでもあるものね……)

かといって、古代魔道具への情熱は冷めることはなく。

「隣国の代わりにはならないけど、うちにも魔道具はいっぱいあるから、またいらっしゃいよ」と優しく言ってくれるコンスタンスの言葉に甘え、彼女は度々コンスタンスの家に行って古代魔道具を分析させてもらうようになった。

通っているうちに、彼女の兄のオスカーとも仲良くなった。

彼はクロエの五歳上で、四つある騎士団の一つである第一騎士団の副団長を務めており、主に王宮や重要施設の警護を担当しているらしい。

彼は夕方になると帰ってきて、よくクロエのいる応接室に現れた。

「こんばんは、クロエ」

「こんばんは、お邪魔しています、オスカー様」

「今日はどの古代魔道具を分析しているんだ？」

「ええっと、今日はこの細長いものを分析しています」

整った容貌から非常にクールに見えるオスカーだが、話してみると、とても気さくで親しみやすい性格だった。

クロエの古代魔道具の話を興味深そうに聞いてくれ、コンスタンスと共にいつも夕食に誘ってくれた。

そのうち「夜遅いから」と馬車で送ってくれるようになり、帰りの馬車の中でクロエと彼は色々な話をするようになった。

彼は頭が良く親切な青年で、授業で分からないところがあると言うと丁寧に教えてくれたり、新しく出版された古代魔道具の本がなかなか図書館に入らないと嘆いているのを聞いて、わざわざ王宮内の図書館から借りてきてくれたりした。

(最初は冷たい印象だったけど、さすがはコンスタンスのお兄さんだけあって、面倒見が良い優しい人だわ)

そんなある日、帰りの馬車の中でオスカーがこう尋ねてきた。

「クロエは、『冒険者ギルド』を知っているか？」

「はい、聞いたことがあります」

この時代には『冒険者』という職業がある。

主な仕事は、深い森の奥や火山地帯などに眠る希少金属を採掘したり、遺跡に潜って古代魔道具の発掘をしたりすること。場所的にも危険な所が多く、獰猛な魔獣などが出現するため、一攫千金を狙う腕に自信のある者がなる職業だ。

冒険者ギルドは、そういった職業の人々をまとめる役割を持つギルドで、商業ギルドと並んで規模が大きく、国内はもちろん国際的にも大きな力を持っている。

「冒険者ギルドがどうかしたんですか？」

クロエが問うと、オスカーがうなずいた。

「知っての通り、我が国で売られている古代魔道具のほとんどが、隣のルイーネ王国から輸入されている。その大売主である冒険者ギルドが、来月末に王都で古代魔道具の展示販売会を行うらしい」

クロエは思わず目を見開いた。

「もしかして、売る予定のものを全て展示するということですか？」

「ああ、そうだ。早めに行けば彼らが持ってきた魔道具のほぼ全てを見ることができるそうだ」

オスカー曰く、この展示会は毎年一度行われ、有力貴族や得意客が招待されるらしい。

「我がソリティド公爵家にも招待状が来たのだが、一緒に行ってみないか？」

「いいんですか」

目を輝かせるクロエに、オスカーが目を細めた。

「ああ、もちろんだ。招待状を見た瞬間、真っ先に君の顔が浮かんだ」

「ありがとうございます。ぜひ連れていってください！」

この出来事を皮切りに、クロエはオスカーに誘われて一緒に外出するようになった。

外出の用件は、コンスタンスへのプレゼント選びが名目のこともあったが、大体は魔道具関係。

オスカーはソリティド公爵家の権力や名前を駆使して、クロエを滅多に入れない博物館の奥などに連れていってくれた。現地では、クロエが夢中で魔道具を見学するのを、持参した本を読みながら気長に待っていてくれるため、彼女は夢のような時間を過ごすことができた。

出掛ける頻度が上がるにつれ、学園で「ちょっと、あなた、オスカー様とどういう関係なのよ!?」と尋問されることもあったが。

「……本当に魔道具に関係する場所ばかりなのね……」

聞いた令嬢たちが引くほど、魔道具関連の場所にばかり行っていることに加え、途中でコンスタンスが合流して食事を三人でしていたこと、クロエが変わり者だという評判も手伝って、「きっとオスカー様は将来有望な魔道具師との伝手作りをしているのね」と見なされ、大きな問題にはならなかった。

「オスカー様ってすごいわね」と、感心するクロエ。

自分と出掛けるだけで、人が確かめに来るくらい噂になるなんて、相当モテている証拠だ。

とまあ、こんな感じで、クロエはコンスタンスだけではなく、その兄であるオスカーとも、どんどん交流を深めていった。

## （五）学園二年生　後期

二年生も終わりに近づいた、ある冬の日。

学園の食堂で、クロエは久々にコンスタンスと一緒にのんびりと昼食をとっていた。

二年生になってずっと生徒会活動で忙しかったコンスタンスだが、代替わりを終えて、ようやく楽になったらしい。

「お疲れさま、生徒会活動大変だったわね。これから少しのんびりできるといいわね」

「ありがとう、クロエ。のんびりしたいところだけど、三年生になったら王妃教育が本格的に忙しくなるから、束の間の休息になりそうだわ」

そう笑うコンスタンスを、クロエは同情の目で見た。

(王族の婚約者って大変なのね)

わたしにはとても真似できないわ……と思いながら、彼女は疑問に思っていたことを尋ねた。

「そういえば、王妃教育って具体的に何をするの？」

「そうねえ」とコンスタンスが考え込む。「小さい頃は基本的な歴史や読み書き、マナーなんかを習って、大きくなると国土についての細かい知識や外国語を習ったりするわ」

「小さい頃？」

「ええ、わたくしは五歳で婚約者になったので、五歳から王妃教育を受けているわ」

「ご、五歳！」と、クロエは思わず瞠目した。「五歳からずっと王妃になるための勉強をしているってこと？」

「ええそうよ」と、コンスタンスが何でもないことのようにうなずく。彼女曰く、それでも時間が足りないくらいらしい。

「大変なのは、友好国の言語だけじゃなくて、ダンスやマナーも覚えなければならないところかしら。幸い隣国のルイーネ王国とは言語が一緒だけれども、他国はそうはいかないのよ」

クロエは呆気にとられた。王妃教育がそんなに大変だなんて知らなかった。そして、

「じゃあ国王教育はもっと大変なの？」と問うと、コンスタンスがどこかバツが悪そうに目を伏せた。

「……ええ、もちろんよ。とても大変よ」

彼女の態度に、クロエは若干の違和感を覚えた。

たまに校内でナロウ王子を見かけるけど、忙しそうに歩き回るコンスタンスと比べて暇そうに見えたわ、などと思い出す。

コンスタンスは、そんなクロエの表情を見て軽く苦笑すると、話を変えるようににっこり笑った。

「ところで、クロエは『武術大会』って聞いたことがあるかしら？」

「武術大会？」

突然出た聞き覚えのない単語に意識を引っ張られるクロエ。

聞けば、王宮付きの騎士はもちろん、地方貴族に仕える騎士や腕に自信のある冒険者などが国一番の称号をかけて出場する、年一度の武芸大会らしい。

「来月末に行われる予定で、今回はお兄様も出るの。一緒に応援しに行かない？　きっとお兄様も喜ぶわ」

クロエは思った。

武術に興味は全くないし人混みも苦手だ。そういった行事はできれば遠慮したい。でも、いつもお世話になっているオスカーが出るのであれば、応援しに行かなければなるまい。

その話題が出た二日後の休日、いつも通り公爵家から学園に送ってもらう馬車の中でオスカーに応援に行く旨を伝えると、いつもクールな彼が珍しく驚いたような顔をした。

「てっきり、君はあまりそういったことに興味がないと思っていた」

「はい、ありません」とクロエがきっぱり言う。「でも、オスカー様が出ると聞いて応援に行くことに決めました」

「そうか」と言いながら、オスカーが嬉しそうに目を伏せる。そして「どんな感じに本選に出場するんだ」

進むんですか？」と問うクロエに丁寧に説明を始めた。

「いわゆるトーナメント戦だな。本戦の前日に予選会を行って、残った十六人が本選に出場するんだ」

「じゃあ、オスカー様は本選に出られない可能性もあるってことですか？」

「まあ理論上はそうなるが、絶対に出るから大丈夫だ」

断言するオスカーにクロエが「がんばってくださいね」と言うと、彼は片手を口元に当てて横を向いた。そして「これは負けられなくなってしまったな」とつぶやくと、穏やかに微笑んだ。

「ああ、ありがとう。頑張るよ」

学園に到着し、公爵家に戻る馬車に向かって手を振りながら、クロエは思った。

出場者数が相当いると聞いたが、噂によるとオスカーは強いらしいし、なんといっても第一騎士団の副団長だ。優勝は無理でも、ベスト四くらいにはなるかもしれない。

（楽しみだわ）

しかし、約一か月後にクロエの予想は大きく裏切られることになる。

武術大会の当日、晴れ渡った青空が眩しい冬の午後。

クロエはコンスタンスと共に、公爵家の馬車に乗って王都の外れにある石造りの巨大な闘技場を訪れていた。

クロエは片手を目の上にかざしながら建物を見上げた。

「王都にこんな大きなものがあるなんて知らなかったわ」

「五百年前に建てられた王都で最も歴史がある建物の一つよ。王宮に隣接する騎士団本部にある練習場もこの造りを真似ていると聞いたわ」

制服を着た若い男性に案内されて闘技場に入ると中はすり鉢状で、階段状の観客席は、どこからこんなに人が集まってきたんだというくらいたくさんの人で埋め尽くされていた。

「すごい人ね！」

「毎年こんな感じよ！　地方からの観戦者も多いらしいわ！」

観客席の声援に負けない大きな声で会話をしながら、クロエはコンスタンスと共に案内された特別席に座った。

人が押し合いへし合いで座っている一般観客席と比べて特別席はかなり余裕があり、ゆったりした座席に加えて正面にテーブルなどが置かれている。

「紅茶でいいかしら」

「え、ええ」

優雅に制服の男性にお茶を注文するコンスタンスをながめながら、さすがは次期王妃様だわと感心する。

そして香りのよいお茶をいただきながら歓談していると、突然ラッパの音が鳴り響いた。会場全体が歓声に包まれる。

「開会の合図よ」とコンスタンスが耳元で囁いた。「お兄様は第一試合だからすぐに出てくるわ」

立派な服を着た偉そうな男性の開会の挨拶を聞き流しながらクロエは思った。予想よりもずっと大会の規模が大きいわと。

（オスカー様、大丈夫かしら）

と、そのとき。観客から「キャー！」という黄色い声援が飛び始めた。続いて上がる大きな歓声。中央部分に目をやると、男性が二人闘技場の中央に出てきた。

一人は、白銀の鎧を着て長剣を持ったオスカー。もう一人は、赤茶色の鎧を着て長い槍を持った体格の良い壮年の男性。

「お兄様だわ」とコンスタンスが興奮したようにクロエの腕を引っ張る。

大歓声の中、男性二人は観客に向かって丁寧に礼をすると、闘技場の中央で睨み合った。

「はじめっ!」

審判の開始の合図と同時にぶつかりあう二人に、観客がわあっという歓声を上げる。

そして、何度か打ちあいをしたあと、ガキンッ! という派手な金属音と共に、壮年の騎士が広い闘技場の端に吹っ飛ばされた。

(……え?)

兄が勝ったことに大喜びするコンスタンスの横で、呆気にとられるクロエ。

次の試合も同じようにオスカーが相手を圧倒して終わり、彼女は目を見張った。

(ええ! こんなに強いの⁉)

この時代の騎士の強さは主に二つの要素で決まる。一つが、魔力による身体強化の巧みさ、そしてもう一つが、魔力による剣戟(けんげき)の強化。

オスカーの場合、魔力による身体強化の巧みさがクロエのような武芸素人でも分かるほどずば抜けていた。

いつも見ている優しく微笑むオスカーと、目の前で戦う鋭い目つきのオスカーがどうしても一致せず、何度も目をぱちくりさせるクロエ。

彼はクールな表情を崩すことなく決勝に進むと、昨年の優勝者だという体格の良い男性を難なく倒し、優勝に輝いた。

「キャー！　オスカー様！」

「かっこいい！」

「こっち向いてー！」

観客席から飛ぶ女性たちの黄色い歓声にも、表情を崩さないオスカー。

しかし、特別席に座るコンスタンスとクロエの姿を認めると、それまでの無表情から一転、微笑みながら手を振った。

「キャー!!」

観客席から悲鳴のような声援が飛ぶ。

クロエは心の底から感心した。

（オスカー様、強い！　しかもすごい人気！）

その後、大歓声の中、大会の主催者である王弟セドリックからオスカーに対して、優勝の褒美である立派な宝剣が下賜されて、武術大会は無事に終了。

その翌週、優勝のお祝いと普段お世話になっているお礼を兼ねて、コンスタンスに一緒に選んでもらった高めのハンカチを贈りながら「おめでとうございます」と伝えると、オスカーが嬉しそうに微笑んだ。

「優勝できたのは、クロエに応援してもらったお陰だ」

「いやいや、そんなわけないじゃないですか」と、クロエは真剣な顔をした。「今回の優勝は、どう考えてもオスカー様の生まれ持った才能と日頃の研鑽の結果です」

そういう意味じゃないんだけどな、と言いたげに苦笑するオスカー。軽くため息をつくと、ハンカチを大切そうにポケットにしまった。

「また俺が出ることがあったら、応援しに来てくれるか？」

「ええ、もちろんです」

コクリとうなずくクロエを見ながら、オスカーが嬉しそうに微笑む。

色々なことがありつつも、平穏に過ぎる日々。

そして、冬が過ぎて春の気配が漂い始めた頃、クロエは遂に学園の最終学年にあたる三年生になった。

## 二　漂い始めた不穏な影

学園三年生になったクロエは、魔道具研究に没頭する日々を過ごしていた。

三年生になると、授業数が減って学校に行かなくてもよい日が出てくる。特にクロエの場合は、二年生までかなり真面目に授業に出ていたこともあり、ほとんど学校に来なくても良くなった。

彼女は、以前にも増して卒業後の進学先である王立大学に入り浸り、魔道具研究の教授と共に様々な実験に取り組んだ。

また、彼女はお金を稼ぐことを意識するようになった。

理由は「バラバラに粉砕できる古代魔道具を買うため」だ。

ソリティド公爵家で分解分析させてもらったり、展示会や博物館で数多くの古代魔道具を見たことにより、彼女は一つの結論を出していた。

「これ以上調べるためには、状態の良い古代魔道具を元に戻せないくらいバラバラに分解・粉砕する必要がある」

恐らく部品の内部に何か特別な仕組みがあるので、バラバラにして解読すれば、新しい動力のヒントが得られるだろうという考えだ。

しかし、これが非常に難しかった。

まず、古代魔道具は「骨董品」か「考古学資料」であるため、大学の魔道具研究室では取り扱うことができない。

確実に利益を生む研究であれば出資が募れるが、そういうわけでもない。

それならば、自前で購入して分解しようと考えてみるものの、

(古代魔道具って、馬鹿みたいに高いのよね……)

状態が良くないものですら、クロエの三年分の学費の倍以上するのだ。状態が良いものとなるとまさに青天井。

しかも、一つバラバラにして全てが分かるとは限らないから、最低三つは欲しいところで、そうなると一体幾らかかるのか想像もできない。

「こういう場合って、どうするのかしら」

初めて個人の手に負えない予算が必要な研究を前に、考え込む。前世であれば思い付きレベルでも湯水のように予算を使えたが、今世ではそうはいかない。

「他の人はどうやっているのかしら」

そう考えて思い出したのは、王都に住んでいる年の離れた兄テオドール。

彼は『治水卿』と呼ばれる治水の専門家で、土木工事など膨大な予算が必要な実験を数多く行っていた。

「そうだわ。お兄様ならきっと知っているわ」

兄が好きなお菓子を街で買って、貴族街から少し離れたところにある研究所兼住居である古びた屋敷に行くと、テオドールが驚きながらも温かく迎えてくれた。

「こんにちは、お兄様。急にごめんなさい」

お菓子を差し出しながら挨拶すると、テオドールが目を見開いて驚いた。

「まさかクロエが手土産を持ってくるなんて思わなかったよ」

どうやら、手ぶらで、なんなら菓子を食べたいから買ってきて、くらい言われると思ったらしい。

「お前も大人になったんだな」

妙にしみじみとした顔をしながら家の中に案内してくれる。

「使用人はいないの？」

「ああ、家に人がいる感じが嫌いでね。定期的に食べるものを届けてくれる者以外は家に入れないことにしている」

そして、雑然とした台所に行くと、瓶に入った飲み物をコップに注いで出しながら尋ねた。

「それで、急にどうしたんだい？」

「実は……」

かくかくしかじかと、クロエが古代魔道具の研究に莫大なお金がかかることを説明する。

テオドールは、お菓子を食べながら黙って耳を傾けた後、おもむろに口を開いた。

「なるほどねえ、巨額の投資が必要なわけだ」

「ええ、そうなの。だから、こういう場合はどうするものなのか知りたくて」

テオドールが、ふむ、と腕を組んで考え込む。

「そうだな。回収の見込みが確実にあるのなら、その旨をアピールした資料を作って出資を募るところだが、まだ確実とは言えないのだろう？」

はい、とクロエがうなずく。

「だったら、最初は自分で出資する方が面倒がなくていいと思うぞ。安価な古代魔道具を一度自分で購入して分解してみて、それで結果が出るようであれば、出資を募ればいい」

なるほど、とクロエは考え込んだ。

薄々思ってはいたが、確かにそれが一番無難な気がする。

一度粉砕してみれば、どのくらいの情報が得られるか見当がつくだろうし、得られると分かれば資金提供が受けられる可能性が上がるだろう。

「とりあえず、自分で買ってみることにするわ」

そして手始めに「それはそれとして、お兄様、何か困っていることはない？」と問うと、テオドールがおかしそうに笑いだした。

「ははは、まずは僕からお金を稼ぐ気かい」

そして少し考えた後、ゆっくりと口を開いた。

「そうだね。誰が呼び鈴を鳴らしたか分かる魔道具があれば言い値で買うだろうね」

「呼び鈴？」

「うん、実際に見てもらった方が早いかな」

テオドールの案内でクロエは台所を出ると、階段を下り半地下のような広い場所に出た。中には一般的なテーブル四つ分はあるであろう巨大な箱庭がズラリと並べられていた。

「ここは実験室？」

「ああ、仮の環境を作って治水のシミュレーションを行っている」

クロエがよくできているわねと感心してながめていると、テオドールが箱庭の一つに水を流し込んだ。川が流れてミニ水車がカタカタと回る。

「こうやって実験して、観察するわけだが、その途中に人が来られると一からやり直しになるんだ」

テオドールによると、未公開の特許情報をしつこく取材したがる新聞記者の訪問や、貴族からの「うちの領地に来ないか」といった勧誘などがよくあるらしい。

クロエは首をかしげた。

「出なければいいのでは？」

「出資者や王宮からのものもあるから、全部無視するわけにはいかないんだよ。だからこうやって階段を上がって……」

テオドールが「おいで」と言って実験室のドアを開けて部屋の外に出る。早足で階段を上がって廊下を歩き、その先の階段を上がる。そして階段を上がった先にある玄関の上部に位置すると思われる窓際に歩み寄った。

「この窓まで来て、訪れたのが関係者かどうかを確かめて、関係者であれば対応して、無関係な者であれば居留守を使うことに決めている、というわけだ」

クロエは納得した。確かにこれは無駄な時間だしイライラする。

「でも、人を家に置けば済む話ではないの？」

「他人が家にいる状態が嫌なんだよ。それならば自分で対応しようと思ったんだが、実際にやってみると、想像以上に面倒でね」

お兄様も結構難しい性格ねと思いながら、クロエは腕を組んで考え込んだ。

ドアに覗き穴を開けてはどうだろうと言いかけるが、実験室を出なければならないことに変わりはないわね、と思い口をつぐむ。

テオドールがニコニコしながら口を開いた。

「もしもこの問題が解決されるのであれば値千金だと思っているよ。どうだい、なんとかなりそうかい？」

「考えてみるわ。主な訪問者を教えてもらってもいい？」

「もちろんだ」

その夜、クロエは寮の自室で思案に暮れた。

訪れる人間の魔力を登録して、その魔力にのみ反応する呼び鈴を付ける方法などを考えるが、貴族の使いの人間がコロコロ変わることを考えると難しい気がする。

そして三週間ほど試行錯誤を重ね、

「お兄様、できました！」

彼女は意気揚々と大きな鞄に入った魔道具をテオドールの屋敷に持ち込んだ。

鞄に入っていたのは握りこぶし大の透明な玉と黒い板で、二つは細い糸のようなものでつながっている。

「これはなんだい？」と目をぱちくりさせるテオドールの前に黒い板を置いて、「まあ見ていてよ」とクロエが玉を持って部屋を出ていく。しばらくして大声を張り上げた。

「板を見てみて」

訝しげに黒い板に目を向けて、テオドールは驚きの声を上げた。

そこには手を振る人物が映っていたのだ。白黒なので色などは分からないが、クロエだということは十分に分かる。

テオドールは感嘆の声を上げた。

「すごいな！　まさかこんなすごいものを持ってくるとは夢にも思わなかったよ！　クロエは天才だな！」

クロエは「ありがとう」と言いながら目を伏せた。自分が作った魔道具を褒められるのがこの上なく嬉しい。

その後、テオドールの勧めに従って、彼女はこの魔道具を『記録玉』と名付け特許を申請し、特許料が入ってくるようになった。

（こうやっていけば、いずれ古代魔道具が買えるわね）

というわけで、クロエは熱心にお金を稼ぎ始めた。

幸いなことに学園内部でも仕事があり、依頼を受けてどんどん魔道具を作っていく。

（いいペースだわ、この感じだと、そう遠くない未来に、いいものが買えそう）

魔道具の開発をしてお金を稼ぎつつ、大学に入り浸って研究する。学園のことなどすっかり忘れて魔道具ライフを満喫する。

しかし、ふと行事があるのを思い出して久々に学園に行った彼女は、思いもよらないことに巻き込まれることになった。

約一か月半ぶりに登校したクロエは、学園の雰囲気が以前と比べて変わっていることに気がついた。

（……何かしら、静かだし、暗い感じがするわ）

以前は、中庭は楽しそうに話す生徒たちでいっぱいだったし、廊下もおしゃべりする令嬢たちで溢(あふ)れていた。

しかし今は、中庭にいる人自体が少なく、少人数が固まって小声で何かを話しているのみで、廊下も閑散としており、とても静かだ。

どうしたのかしら、と首をかしげながら教室に行くと、そこにはどことなく疲れた顔をしたコンスタンスが座っていた。いつもツルツルの肌には艶がなく、よく見ると目の下にはうっすらクマができている。

「どうしたの、何かあったの？」

心配になって問うと、コンスタンスは誤魔化すような、ぎこちない笑顔を作った。

「久しぶりね、クロエ。ちょっと疲れているだけよ。最近忙しくて」

そういえば、三年生になったら王妃教育が忙しくなるって言っていたわね、と思い出す。でも、顔色の悪さや雰囲気から見て、どうも忙しいだけではない気がする。

その後、昼食を共にして雑談に興じるものの、ときどきボーっとしたり、考え込んだりと、普段通り振る舞ってはいるものの、どこか不安定さを感じる。

(こんなコンスタンス、見たことない)

いつも微笑を浮かべて滅多に内面を出さない彼女が一体どうしたというのだろうか。

心配になって、比較的仲良くしているクラスメイトである令嬢二人に尋ねてみたところ、予想もしない答えが返ってきた。

「実は、二年生に問題のある方が編入してきましたの」

「問題のある方？」

「ええ」と令嬢たちが声を潜めた。「手当たり次第、婚約者の有無関係なく男子生徒に声をかけて侍らせている方ですの」

クロエは目をぱちくりさせた。

「そんな人、いるんですか？」

「わたくしたちも最初聞いたときは信じられませんでしたわ。でも実際に複数のご令嬢が婚約者を取られたような形になってしまっていて、泣いている状態ですの。ナロウ殿下も彼女に傾倒しつつあるようで、コンスタンス様も苦労されているのではないでしょうか」

クラスメイトたちの深刻な顔をながめながら、クロエは首をかしげた。

その女子生徒にも多分に問題はありそうだが、そんないかにも問題がありそうな女性に引っかかる男子生徒たちも大概だなと考える。

（でも、さすがに次期国王が、そんな怪しい女に引っかかるはずないわよね。ちょっと珍しいから、構っているとか、そういう感じなんじゃないかしら）

しかし、事態は予想外の方向に進んでいく。

ある日、クロエがコンスタンスと校舎内を歩いていると、突然ナロウ王子とその取り巻き数名が現れたのだ。

王子がコンスタンスの正面に立って偉そうに顎を上げた。

「コンスタンス・ソリティド、私がなぜここにいるか分かっているな?」

これは席を外すべきだろうと、クロエが先に行っているわねと言おうとすると、コンスタンスが黙ってクロエの制服のすそを握った。その手は微(かす)かに震えている。

戸惑いながらも、その場にとどまって臣下の礼をするクロエを完全に無視して、ナロウ王子がコンスタンスに強い口調で言った。

「もういい加減、プリシラに嫌がらせをするのはやめろ!」

「殿下、恐れながら、わたくしは嫌がらせなどしておりません」

「プリシラがやられたと言っているのだ、お前の意見は聞いていない! 編入してきたばかりの年下の女子生徒をいじめるなど、言語道断だ!」

頭を下げたまま、これらの話を聞きながら、クロエは驚くと同時に無性に腹が立った。

クロエはこの二年半、コンスタンスが未来の王妃になるべく努力しているのを見てきた。

傍から見てもあまり有能とは言えないナロウ王子の代わりに行事を仕切ったり、生徒会の仕事を代行するなどして尽くしてきたし、厳しい王妃教育にも耐えていた。そんな風に陰日向なく支え続けてきた彼女よりも、編入してきたばかりだという、ポッと出のプリシラとかいう女子生徒を信じるなど、一体何事か。

（なによこの人。いくら王族とはいえ、許せない）

文句を言おうと顔を上げようとするが、コンスタンスに「駄目よ」と囁かれて渋々口を閉じる。

言いたい放題言って王子が去ったあと、クロエは怒りに震えた。

「あんなのおかしい。抗議すべきよ」

静かに怒り狂うクロエを、コンスタンスが感謝の目で見る。しかし、彼女は静かに首を横に振った。

「駄目よ、わたくしがやった証拠もないけど、やらなかった証拠もないもの」

「でも」

コンスタンスは、切なそうに目を細めた。

「よく聞いて、クロエ。この国では国王が絶対なの。次期国王のナロウ様の機嫌を損ねたら、最悪この国に居られなくなるわ。わたくしを気遣って怒ってくれるのはとても嬉しい。でも、わたくしのことよりも、自分の未来を考えて」

そこまで言われたら黙るしかないと口を閉じたものの、クロエは心の中で憤った。

こんなの絶対におかしい。

コンスタンスと別れたあと、何とかする方法はないかと考えてみるが、どう考えても、たかが地方子爵家の娘である自分にどうにかできる問題ではない。

頭を抱えて唸る彼女の脳裏に、一人の人物が浮かんだ。

(そうだわ、オスカー様に相談しよう)

恐らくだが、コンスタンスは家族にもこのことを言っていない。心配かけまいと「ナロウ殿下との関係は良好ですわ」と言っている可能性すらある。ソリティド公爵家は、家族仲が良いと聞いている。一番良いのは、その家族に事実を知らせることだ。

クロエは、すぐさま王宮横にある騎士団本部に向かった。

――しかし、三十分後。

(来てはみたものの、どうやってオスカー様に話しかければいいのかしら)

王宮のそばにある、すり鉢状の騎士団練習場にて、クロエは一番後ろの石でできたベンチに座りながら頭を悩ませていた。

騎士団本部に到着したところ、今日は練習の一般公開日だったらしく、外にいた騎士らしき男性にこの練習場に案内されたのだ。

練習場の中央にある土が敷き詰められた場所では、体格の良い男女が木剣を素振りしたり、模擬戦などを行っている。

そして、建物内から練習着らしき服を着たオスカーが出てくると、

「キャー！　オスカー様！」

「かっこいいー！　こっちむいてー！」

観客席から一斉に黄色い声援が飛んだ。

声の方向に目をやると、前方の手すりの前には若い女性たちが鈴なりになっており、皆一様に目を輝かせながらキャーキャーと叫んでいる。

（武術大会のときも思ったけど、オスカー様ってモテモテね）

クロエは、前かがみになって膝の上に頰杖（ほおづえ）をつくと、クールな表情をして他の騎士と話をしているオスカーをながめた。

（確かに、綺麗な人よね。コンスタンスと同じ銀髪と青い瞳も綺麗だし、背も高い。美人の兄は美男子なのね）

と、そのとき。オスカーが、ふと顔を上げて観客席の方に目を向けた。目を見開いてクロエを二度見すると、ほんの少しだけ表情を緩ませる。

観客席の女性たちが湧いた。

「キャー！　オスカー様が笑ってくれたわ！」

「わたしに笑ったのよ！」

「いいえ、わたしよ！」

そんな騒ぎを尻目に、もしかして気がついてくれたかもしれない、と思うクロエ。

彼女の目の前で、オスカーが隣に立っていた男性に何か言って、建物の奥に入っていく。入っていくときに再びチラリとクロエを見たところを見ると、どうやら本当に気がついたようだ。

（これなら、会いに行っても大丈夫かしら）

オスカーが出て行ってしばらくして、クロエは席を立った。

練習場を出て、方角的には右かしら、と歩き始めようとすると、

「君が、クロエ・マドネス子爵令嬢かな？」

後ろから若い男性の声が聞こえてきた。

振り向くと、そこには赤毛と楽しげな緑色の瞳が印象的な快活そうな青年が立って

いた。オスカーと同じ服を着ているところを見ると騎士だろうか。

クロエは立ち止まると、男性の方に体を向けた。

「はい、クロエ・マドネスです。あなたは？」

「セドリックだ。オスカーはちょっと手が離せなくてね、代理で迎えにきた」

にっこり笑う青年を、クロエは注意深くながめた。

（この人、多分だけど、すごく魔力量が多いんじゃないかしら）

近づくと圧迫感のようなものを感じる。この時代で、これほどの魔力量の持ち主を見るのは初めてだ。

（あと、何となくどこかで見たことがある気がする）

どこだっけ、と考えていると、赤毛の男性が不思議そうな顔をした。

「どうした？ 私の顔に何かついているかい？」

「すみません。魔力量がすごく多いなと思いまして。……もしかして、セドリック王弟殿下でいらっしゃいますか？」

男性が驚いたように目を見開いた。

「さすがマドネス家のお嬢さん、よく分かったね」

「王立大学の魔道具研究室の教授から、数年前にセドリック殿下に魔力を使った実験に協力していただいた、という話を伺ったことがありまして」

「なるほど。そういえば、そんなことがあったね」

「あと、どこかでお会いしたことがある気がします」

「武術大会じゃないかな。最後オスカーに宝剣を渡した時に少し目立ったからね」

セドリックは気取らない感じで微笑むと、ニカッと笑いながらお辞儀をした。

「では、中にご案内させていただきます」

その後も並んで歩きながら、学園のことや魔道具のことなどを親しげに尋ねてくる。

(ちょっと答えるのが面倒だけど、王族っぽくない気さくな人ね)

質問に答えながら廊下を歩いて大きな扉をくぐり抜けると、そこは騎士が複数いる中庭のような場所だった。

突然現れたクロエに、騎士たちの熱い視線が集まる。

そんなことは毛ほども気にせず、ここは練習場の裏かしらと考えていると、横に立っていたセドリックが大きな声を出した。

「オスカー！　こっちだ！」

セドリックの視線の先に目をやると、遠くからオスカーが手を振りながら早足でやってくるのが見えた。半袖の薄い練習着を着ているせいか、意外と筋肉質なのがよく分かる。

彼は、「お前、ものすごく分かりやすいな」「うるさい」という軽口をセドリックと交わすと、心配そうな表情でクロエの顔を覗き込んだ。

「どうした、何かあったのか?」

「急にお邪魔してごめんなさい。お話ししたいことがあって」

クロエのただならぬ雰囲気に、オスカーが「とりあえず、人のいないところに行こうか」と、中庭の端に彼女を連れていく。

そして、軽く身をかがめると、真剣な目で尋ねた。

「何かあったんだな?」

「……ええっと、その……」

クロエは言い淀んだ。

頭に血が上った勢いで来てしまったものの、実際オスカーを目の前にして、果たして自分が言うべきなのかどうか分からなくなってしまったのだ。

彼女の様子を見て、オスカーが察したような顔をした。

「もしかして、コンスタンスの件か?」

「……ご存じだったんですか?」

「何となく聞いてはいた。でも、本人に聞いても『単なる噂だ』と否定するから、静観していたんだが、君が気づいたということは相当ということだな」

クロエは微妙な顔をした。なんだか、ちょっとディスられた気がするが、それはさておき。「実は……」と先ほどあった、ナロウ王子が突然文句を言ってきたことを包み隠さず話す。

聞き終わったオスカーが、その青い瞳に怒りの色を浮かべた。

「……なるほど、聞いた話の十倍は酷いな」

そして、「すまない」と怒りを逃すように大きく息を吐くと、クロエを真っすぐ見た。

「知らせてくれて感謝する。家族と相談の上で何らかの策を取ろうと思う」

「策、ですか」

「ああ、恐らくだが、我が家から王家に質問状を出すことになると思う。コンスタンスに何か問題があるなら問題解決のために教えて欲しいと」

そして、ふっと表情を緩めた。

「君は妹を信じてくれるんだな」

「当たり前です。コンスタンスが嫌がらせなんてするハズありません」

ぷんすか怒るクロエに、「ありがとう」とオスカーがつぶやく。

「中には嫉妬に狂ったコンスタンスがやったんじゃないかと言う奴もいるんだよ」と苦笑すると、クロエに微笑みかけた。

「少し待っていてくれるか、学園まで送ろう」

「はい、ありがとうございます」

これでとりあえず大丈夫だろうと思い、胸を撫で下ろすクロエ。


その後、オスカーが手を打ったのか、学園内は平和を取り戻した。

コンスタンスの顔は明るくなり、クラスの女性たちの表情も和やかになった。

やや不穏な空気は感じるものの、静かに過ぎていく日常。

そして、この二か月後。遂に卒業パーティの日がやってきた。

## 三 とんでもない冤罪と断罪劇

貴族学園では、三年生の終わりに卒業パーティが開催される。

生徒会主催の立食パーティで、場所は大講堂。出席者は生徒のみで、生徒たちは、ここで気兼ねなく別れを惜しみ、翌月の卒業式で晴れて卒業する。

卒業パーティまであと一週間と迫り、クロエは寂しさを感じると同時にホッとしていた。

同じ三年生であるナロウ王子は、今年卒業する。

卒業すれば、プリシラとかいう怪しい女子生徒とは会う機会が減るだろうから、きっと目が覚めるに違いない。そうなれば、コンスタンスも悩まずに済むようになるだろう。

（それで一件落着っていうところかしらね）

パーティなどの行事では、王族に次ぐ身分のコンスタンスはとても忙しい。

クロエは、学園の隣にある王立大学に進学予定の二人の女子生徒に誘われてパーティに一緒に行くことにする。

そして、卒業パーティ当日。

クロエは、実家から送ってもらったシンプルな緑色のドレスを身に纏(まと)い、教室で待ち合わせた二人の女子生徒と共にパーティ会場に向かった。

会場である大講堂は、普段の荘厳な雰囲気から一転、今日は花やリボンで華やかに飾り付けられている。白いクロスをかけられたテーブルが会場のあちこちに並べられており、その上にはご馳走がたくさん置かれていた。

クロエは目を輝かせた。

「まあ、美味しそう、ちょっと食べてきますわね」

「ええ、どうぞ」

彼女は、ここぞとばかりに豪華なタダ飯を食べ始めた。

最近、野菜ばかりを食べる生活をしていたため、ローストビーフがほっぺたが落ちるほど美味しい。

そして、ある程度食べ終わり、

「美味しかったですわね」

「そうですね」

と女子生徒二人とのんびりとした会話を交わしながら、クロエは高い天井を見上げた。思い出すのは、約三年前の入学初日。

（なんでこんな学園に来てしまったんだろう、って後悔していたわね）

あの頃は、先生も生徒も学園も、ここにある全てが自分の魔道具研究の邪魔をする敵に見えていた。だから、行事やホームルームをボイコットして、何を言われても無視していた。

（でも、実際は全然違ったわ）

ちゃんと話してみると、みんな親切で、彼らとの会話の中には魔道具開発のヒントがたくさん隠されていたし、先生も学園もクロエの魔道具研究を校則に違反しないギリギリの範囲で支援してくれた。

今思えばずいぶんと目をつぶってもらったなと思う。

（こう思えるのも、コンスタンスのお陰ね）

クロエは彼女にとても感謝していた。

彼女がいなかったら、クロエの学園生活はとてもつまらないものになっていただろうし、前世と同じく、社会性も育たなかっただろう。

卒業後は、コンスタンスはナロウ王子と結婚して妃となり、今までのように気軽に会うことができなくなる。話しかけるのもままならなくなるかもしれない。

だから、彼女は思っていた。もうしばらく会えないであろうコンスタンスに、最後に心からお礼を言いたい、と。

そのとき、突然大きなどよめきが起こった。

声の方向を見ると、入場してきたのは青い美しいドレスを身に纏ったコンスタンス。横には白い騎士服姿のオスカーがおり、彼女を丁寧にエスコートしている。

(さすがはコンスタンス、なんて綺麗なのかしら。オスカー様もかっこいいわ)

クロエが思わず見とれていると、横の女子生徒がぽつりと言った。

「……おかしいわね」

「ええ、おかしいわね。ナロウ殿下はどうしたのかしら」

そういえば、とクロエは首をかしげた。

確かに、他の婚約者のいる女子生徒たちは、婚約者と一緒に入場してきた気がする。

周囲のヒソヒソ話に耳を澄ませたところ、どうやら王子とその側近数名と、王子とただならぬ仲だという噂のプリシラ嬢も来ていないらしい。

(なんだか、嫌な予感がするわ)

そう思っているのはクロエだけではないらしく、会場がどこか不安げな空気に包まれる。

その後もナロウ王子が現れることはなく、何となく不穏に進む卒業パーティ。

クロエは、パーティ会場の中心に目を向けた。

にこやかだが、どこか不安そうなコンスタンスを、横に立つオスカーが、しっかりと精神的に支えているのが見て取れる。

彼のお陰もあり、コンスタンスの元に貴族子女が次々と挨拶に訪れている。

クロエの視線に気がついたのか、オスカーが顔を上げて、大丈夫だという風にうなずく。

(よかったわ、オスカー様がいて。わたしじゃ助けになれないもの)

そして、安心したクロエが「もう少し食べておこうかしら」とお皿に料理を取って、一口二口と食べ始めた、そのとき。

バーン！　と、かなりの勢いで大講堂のドアが開かれ、十人ほどの集団が入ってきた。

集団は、何事かと驚いた顔で振り返る生徒たちの横を通り抜けると、会場中央に立っているコンスタンスとオスカーに対峙する。

そして、呆気にとられる生徒たちの前で、先頭にいたナロウ王子が、コンスタンスに指を突き付けて叫んだ。

「コンスタンス！　お前が私の婚約者であることを笠に着て、プリシラの私物を取り上げた挙句に呼び出して乱暴したことは分かっている！　今すぐ罪を認めろ！」

響き渡った場違いな怒声とその内容に、クロエは思わず塊のままチーズを飲み込んだ。

（は？　コンスタンスが嫌がらせをしているなんて、まだ言っているの？）

首を伸ばして中央を見ると、ナロウ王子の横に一人の女子生徒が立っているのが見えた。

ピンクのふわふわ髪に、あざとい表情、ピンク色のひらひらがたくさん付いたドレスを着て、ふるふると震えている。貴族というよりは酒場にでもいそうな女性だ。

（……え？　まさか、あの子がプリシラなの？）

驚愕（きょうがく）するクロエをよそに、『王子とその愛人』対『婚約者とその兄』という、小説にでも出てきそうなシチュエーションに、好奇の目を向ける生徒たち。

会場中の視線が集まるなか、コンスタンスが顔を青ざめさせながらも冷静に口を開いた。

「殿下、先日から申し上げておりますが、わたくしはそのようなことをしておりません」

王子は眉間にギュッとしわを寄せて、声を張り上げた。

「往生際が悪い！　お前にプリシラの教科書やドレスの破損を何度も命じられた令嬢や、北の廃校舎に呼び出すように言われた令嬢が名乗り出てきているのだぞ！」

んなアホな、と思っているクロエをよそに、物事が予想外の方向に展開していく。

王子に胸を押し付けるように縋りついていたプリシラが、目に涙をためながら震える声で言った。

「わたし、何度も廃校舎に呼ばれて、いじめられました！　コンスタンス様と知らない人たちに囲まれて突き飛ばされて、この通り傷が！」

プリシラがピンクのひらひらした袖を捲ると、そこには痛々しい傷跡。

周囲を囲んでいた生徒たちから「まあ、酷い」「まさか本当なのか」といった声が漏れる。

いやいやいや、何を言っているのよ、と思うクロエの目の前で、どんどん進むあり得ない話。

遂には、王子が勝ち誇ったように顎を上げると、人差し指をコンスタンスに突き付けた。

「権力を振りかざして弱い立場の者をいじめ、あまつさえ暴行を加えるなど、言語道断！　そんな女は王妃にふさわしくない！　婚約を破棄する！　衛兵！　今すぐこいつを暴行と窃盗の罪で連行しろ！　牢に閉じ込めておけ！」

オスカーが、真っ青な顔をした妹を庇うように前に出た。

「妹は何もしていないと言っております。片方の言うことだけに耳を傾けて断罪するなど、あっていいことではございません。調べ直しを具申いたします」

王子が、ギロッとオスカーを睨んだ。

「いくら兄とはいえ、騎士が犯罪者を庇い立てするなど許せることではない！　こいつも連れていけ！」

こともあろうに、公衆の面前で公爵家の二人を捕縛せよと命じる。

クロエは呆気にとられた。

そんなことをされれば、公爵家の名前は地に落ちるし、一生後ろ指を指されることになる。

貴族社会に疎い彼女にも分かることを、まさか王族が冤罪を理由に命令するとは！

オスカーが、冷たい目で衛兵たちを見据える。そんな恥をかかせるような真似をするのなら、容赦しないぞという意思表示だ。

武術大会優勝者の本気の威嚇に、汗をダラダラと流す衛兵たち。怯えた顔で後ずさりする者もいる。

会場の空気が一気に張り詰め、まさに一触即発。

そのとき、クロエはコンスタンスがこちらを見ていることに気がついた。

軽く首を横に振ったところをみると、「ここは何もしちゃだめよ」、恐らくそう言っているのだろう。

クロエの脳裏に、彼女に以前言われた言葉が蘇った。

『よく聞いて、クロエ。この国では国王が絶対なの。次期国王のナロウ様の機嫌を損ねたら、最悪この国に居られなくなるわ。わたくしを気遣って怒ってくれるのはとても嬉しい。でも、わたくしのことよりも、自分の未来を考えて』

クロエは思った。もしかして、わたしが器用な人間であれば、ここは一旦黙ってやり過ごすのかもしれないな、と。

でも、初めてできた友達とお世話になったその兄が、明らかな冤罪で窮地に陥っているのを黙って見ているのは人として絶対にダメだ。

クロエは覚悟を決めた。

(二歳のときに決めたじゃない。お天道様の下を歩けないようなことは絶対にしない

って)

今まさに、あのときの誓いを守るときだ。

彼女は深呼吸して、「さようなら、わたしの平和な研究生活」と心の中でつぶやくと、片手を上げながら声を張り上げた。

「あの、すみません」

生徒たちが、目が覚めたような表情で一斉にクロエの方を振り向く。

「……っ! なんだ、お前は!」

イライラしたような顔でクロエを見る王子と、「誰なんですかぁ」と、あざとい表情を浮かべるプリシラ。

コンスタンスとオスカーの驚いた顔を横目で見ながら、クロエは軽く息を吐くと、ゆっくりと口を開いた。

「お取り込み中、申し訳ないのですが、何点か訂正させていただいてもよろしいでしょうか」

クロエの言葉に、生徒たちが、ポカンとした表情をする。

ナロウ王子は、ギュッと眉間にしわを寄せた。

「おい、お前、まず名前を名乗れ」

「あ、申し訳ありません。クロエ・マドネスです」

王子の近くにいた側近らしき眼鏡の男子生徒が「すでに多くの魔道具特許を取っている天才と名高いマドネス家の末娘です」と小声で王子に教える。

王子は怒りを少し引っ込めると、先ほどより穏やかに尋ねた。

「それで、クロエ嬢。君は、何点か訂正したいと言ったな。何を訂正するんだ？」

「はい、先ほど出てきたお話についてです」

会場がざわめいた。

「先ほどの話って、いじめの話か？」

「王子の意見を訂正するなんて、あの子大丈夫かしら」

「いくら天才でも、さすがにまずいんじゃないか」

などと聞こえてくる。

そんな中、わたしはただ事実を言うのみよ、と思いながら、クロエが口を開いた。

「まず、教科書とドレスが破損された件なのですが、プリシラさん、四か月前に生活指導の教師に相談していますよね？」

プリシラが一瞬驚いたような顔をするものの、次の瞬間目を潤ませて胸の前に手を組んだ。

「は、はい。みなさんに勧められて相談しました。でも、それ以降訴えても『対応済みです』と言われるばかりで、全然聞いてもらえなくて……」

涙ながらに言うプリシラを、可哀そうにと抱きかかえるナロウ王子。ギッとコンスタンスを睨みつけた。

「分かっているぞ！　公爵家の権力を使って、お前がもみ消したんだろう！」

この人が第一王子とか、うちの国大丈夫かしら、と思いながら、クロエはため息をついた。

「あの、それ、全然違いますから」

「は⁉　何を言っているんだ⁉」

いきりたつナロウ王子に、クロエが淡々と説明を始めた。

「実は四か月前、生活指導の教師から相談されたんです。とある生徒の教科書やドレスが破損されたらしいから、魔道具を使って犯人を捕まえられないか、と」

プリシラが、ひゅっ、と息を呑むのを横目で見ながら、クロエが続けた。

「教師から依頼を受けたわたしは、魔道具の『記録玉』を改良したものを使って、二十四時間監視を始めました。本人以外が部屋を出入りしたら、すぐにこちらに警報が来るように設置し、定期的に誰が出入りしているかもチェックしています。その結果、プリシラさん以外の『女性』の出入りは一切ありませんでした」

側近の一人が大声を上げた。

「でたらめを言うな！」

「本当のことです。生活指導の教師も一緒にチェックしていますし、なんなら記録したものを全て提出しても構いません」

クロエは、チラリとプリシラを囲んでいる男性陣を見た。

「……まあ、そちらにいらっしゃる『男性の』方々の出入りは確認されましたが、関係ないので、ここでは言いません」

王子を含め、何人かの顔色が一気に悪くなる。

「ですので、先ほど『コンスタンス様が令嬢に指示をしてプリシラさんの部屋の教科書とドレスを汚させた』というのは、あり得ません。そもそもご本人以外の女性が部屋に入っていないのですから。……まあ、そのご令嬢が天井裏から入ったのであれば、話は別ですが」

生徒たちがざわざわし始めた。

「証拠が出せると言い切っているということは、本当なんじゃないか」

「令嬢が天井裏から入るのはないわよね」

「じゃあ、ウソってことか？」

「自作自演の可能性もあるんじゃないかしら」

などという声が聞こえてくる。

色を失っている王子とプリシラをながめながら、とりあえず事実だけ全部言ってしまいましょうと、クロエが再び口を開いた。

「それと、『何度も北の廃校舎に呼ばれて、複数人に囲まれていじめられた』なんですが、そもそも物理的に不可能だと思います」

「……それはなぜです？」

黙り込む王子に代わって、やや顔色が悪くなった眼鏡の側近が尋ねると、クロエが淡々と答えた。

「なぜならば、北の廃校舎には、しばらく前からわたしが住んでいるからです」

「……は？」

ポカンとした顔をする側近を見て、彼女は思った。ここは論より証拠、見せた方が早いし効率的だ。

「ここから近いですし、皆さんで見に行ってみませんか？　見た方が早いと思うんですよね」

プリシラが必死の形相で叫んだ。

「嫌です！　わたしはそんな悪い思い出のある場所なんて行きたくありません！　つい先週も酷い目にあったんですよ！」

クロエは、「へえ」と冷たい目でプリシラを見た。

「つまり、嘘だから行けないってことですね」

「嘘じゃありません！」

「じゃあ、一緒に来て説明してください。もちろん殿下もです。まさか現場での説明もなく、公爵家の二人を牢獄に閉じ込めるおつもりじゃないでしょうね？」

これ以上ない正論に、グッと詰まるプリシラと王子。その他生徒たちの「それはそうだろう」という反応を見て、仕方ないという風にうなずく。

クロエは「じゃあ、行きましょう」と、会場の半分近くの生徒たちを引き連れ、北の廃校舎に向かった。

正装をした男子生徒と美しく着飾った女子生徒という不思議な行列が、大講堂から北校舎にぞろぞろと移動する。

そして、あまり手入れがされていなさそうな裏庭の端にある壁が崩れかけた平屋の廃校舎前に到着すると、先頭のクロエがくるりと振り向いた。

「では、鍵を開けますので、中をよく見てください」

「ふん、言われずとも見てやる」と、ナロウ王子がそっけなく言う。

クロエはポケットから取り出した鍵で、ペンキの剝がれた木製の扉を開いた。

「では、お入りになってご覧ください」

眉間にしわを寄せながら扉をくぐる王子たち。そして、中に入った瞬間、皆一様に口をポカンと開けた。

「……は？　なんだここは？」

部屋いっぱいに広がっていたのは、摩訶不思議(まかふしぎ)な光景だった。

頭の位置よりも少し高い位置に作られた棚と、それを覆うたくさんの緑色の葉。葉の隙間からはトマトやナスなどの野菜たちが顔を覗かせており、ところどころに大きな水槽が置いてある。

「こ、これは一体なんだ⁉」

そう騒ぐ王子たちに、クロエが淡々と説明した。

「これは、水耕栽培の魔道具の実験です」

「水耕栽培？」

「はい。土を使わず水と光のみで野菜を育てる魔道具の開発と実験をしておりました」

　王子たちに続き、他の生徒たちが入ってきて、大きく目を見開く。

　呆気にとられる生徒たちをながめながら、クロエが続けた。

「この実験は、大体二か月前から行っておりまして、これについては、隣の大学の教授や王宮の植物研究所の方々、それに学園長もご存じです。そもそもこの場所を勧めてくれたのは学園長ですから」

　そして、彼女は真っ青になっているプリシラを見た。

「ご覧の通り、囲まれて乱暴をされるスペースなど、どこにもありません。一体どこで複数人に囲まれたか教えていただきたいですね」

　すると、側近の一人が奥のドアを見つけて指差した。

「待て！　あの扉はなんだ！　あそこが現場なんじゃないのか！」

「あ、そこは」

　クロエが制止する前に、側近が勝ち誇ったように勢いよくドアを開けると、そこにはベッドや散乱した服や積み重ねられた書類、その上に座るぬいぐるみなど、狭くて大変散らかった部屋が広がっていた。

「……だから、先ほどわたしが住んでいると……」

目を逸らすクロエに、扉を開いた側近が必死の形相で「申し訳ない」と平謝りする。

一緒についてきた生徒たちが、ひそひそと話し始めた。

「ここに呼び出されたはないよね」

「嘘なんじゃないか」

「このトマト、最近学食でよく出ていたトマトじゃないか」

などという声が聞こえてくる。

後方で何人かの女子生徒と小さな声で話をしていたオスカーが、穏やかな口調で愕然とするナロウ王子に声をかけた。

「王子、いつまでも外に居てはご令嬢たちが体を冷やしてしまいます。先に会場に戻っていただいては如何ですか」

「あ、ああ、そうだな」

呆然とうなずくナロウ王子。

二人のやり取りを合図に、薄着の女子生徒たちと何人かの男子生徒たちがパーティ会場へと戻っていく。

青い顔をしたコンスタンスも、オスカーに支えられるようにして一緒に廃校舎を出ていく。

その後、残ったナロウ王子たちは、一部男子生徒とクロエが見守るなか、怪しい場所や物はないかと探しまわるものの、結局何も見つからず。

「……くっ！　戻るぞ！」

手ぶらで会場に戻らざるを得なくなった。

悔しそうな顔でクロエを睨みつけるプリシラを抱え、ヨロヨロと出ていく王子とその側近と衛兵たち。

続いて残りの男子生徒たちも、ひそひそと話をしながら出ていく。

その後ろ姿を見送りながら、クロエは、ほうと息を吐いた。

(これでコンスタンスの疑いは晴れたかしらね)

そして思った。これから一体どうなるのだろうかと。

普通であれば、恐らく「貴族的な落としどころ」というものを考えるのだとは思う。

(でも、わたし、あんまりそういうの得意じゃないのよね)

とりあえず本当のことは全部言ったけど、これからどうすればいいのかしらと考えながら、最後に扉を閉めて鍵をかけていると、

「クロエ、待ってくれ」

建物の陰に隠れていたらしいオスカーとコンスタンスが目の前に現れて、深々と頭

を下げた。

「ありがとう。クロエ、あなたがいなかったら、わたくしは罪人に仕立て上げられていたわ」

「ありがとう。君のお陰で無理をせずに済んだ。だが――」と、オスカーが目を伏せた。「君にとってあまり良くない状況になってしまった」

そして、クロエの方を向いた。

「コンスタンスに服を貸してもらえるか。俺は馬車を手配してくる」

「あの、会場には？」

「戻らない。君の稼いでくれた時間を有効に使わせてもらうことにしよう」

そう言い残し、オスカーが門の方向に走る。

さすがはオスカー様、なんか色々考えていたのね、と感心しながら、その後ろ姿を見送ると、クロエはコンスタンスの手を摑んだ。

「こっちよ。手伝うから、急いで着替えましょう」

# 四．子爵令嬢、外の世界へ旅立つことにする

「クロエ……、あなた、寮に住んでいたんじゃなかったの？」

「二か月前までは住んでいたわ。でも、こっちに住めば、寮のお金を魔道具研究に回せると思って」

「だからって、こんなところに一人で住むなんて危険すぎるわ！　あなた女の子なのよ！」

「まあまあ終わったことだし、……それで、このパーツはどうやって外すの？」

「あ、ええっと、それはね……」

廃教室の横にある狭い雑然とした部屋の中央に立つコンスタンスとそんな会話をしながら、クロエは友人の指導の下、ドレスのパーツを外していた。

スカートの上のスカートに、前身ごろ、後ろ身ごろ、横の飾り、よく分からないひらひらなど、様々なパーツが虫ピンで丁寧に留められており、とにかく脱ぐのに手間と時間がかかるのだ。

最後のパーツを外してベッドの上に並べながら、クロエが感嘆の声を上げた。

「すごいわね、このドレス。まさかこんな構造になっているとは思わなかったわ」

「立体感を出すには必要なのよ」

そう言いながら、目にも留まらぬ早さでコルセットの紐を解いていくコンスタンス。下着姿になると、クロエから借りた若草色のワンピースを羽織ってボタンを留めた。

「でも、お陰で助かったわ。あなたがここに住んでいたっていう決定的な証拠がなかったら、あの人たち、多分無理矢理にでも、わたくしとお兄様を連行したと思うの」

そして、彼女は軽くワンピースのすそを引っ張って整えると、足元に目を落とした。

「……ごめんなさいね、あなたを巻き込んでしまったわ」

コンスタンスの肩が震えていることに気がつかないフリをしながら、クロエは淡々と言った。

「気にしないで。わたし、二歳のときに、お天道様の下を歩けないことは絶対にしないって心に誓ったの。だから、これはわたしのためでもあるわ」

そして、ほらほら、と涙ぐむコンスタンスの背中を押して狭い部屋から出すと、水耕栽培の棚の横に置いてあるベンチに座らせた。

「ここで待っていて。あと、よかったらトマト食べて。どんどん食べないとすぐにダメになっちゃうの」

「ええ、わかったわ」

そっと涙をぬぐうコンスタンスをベンチに残し、クロエは大急ぎで着替え始めた。

コンスタンスのドレスよりもずっとシンプルなワンピースに近いドレスと、気持ち締め付けるだけの簡略化されたコルセットを脱ぐ。

そして、上から被(かぶ)るだけのワンピースを着ると、手当たり次第、貴重品を鞄の中に詰め始めた。

（ここが証拠として押さえられたら、しばらく入れなくなるかもしれないものね）

実家から持ってきた動くぬいぐるみや作った魔道具に「一緒に行きましょうね」と優しく語りかけると、柔らかいタオルに包んで丁寧に鞄の中に入れる。

そのあと、ベッドの下に隠しておいたお金を取り出して雑にポケットに突っ込んだり、服類を適当な袋に詰め込んだりする。

そして、部屋を出ると、片手を口元に当てながら美味しそうに、もぐもぐと口を動かしているコンスタンスに声をかけた。

「準備できたわ、行きましょう」

「え、ええ。分かったわ」

「トマト、持っていく？」

「……できたら、この小さいのを」

鈴なりのプチトマトを枝ごと切って袋に入れて外に出ると、ちょうどオスカーが走ってくるところだった。

「馬車を裏門に呼んである、行こう」

「殿下たちは？」

「会場を覗いてきたら、右往左往していた。女性たちになるべく長く化粧直しをしてくれるようにお願いしたから、我々がいなくなったことに気づくのに、もう少し時間がかかる。……って、君たちは何を食べているんだ？」

「トマトですわ」

「トマトです」

「そうか」と訝しげな表情をしながら、オスカーがクロエの荷物を持つ。

三人は裏門まで走ると、公爵家の紋章を布で隠してある馬車に乗り込んだ。

馬車がすぐに走り始める。

揺れる馬車の中で、オスカーがやや硬い表情で口を開いた。

「しばらく行ってから、私とクロエは降りる。コンスタンスはそのまま屋敷に帰って、すぐに父上と兄上に連絡を取ってくれ」

「わかりましたわ」

「クロエの家族で、誰か王都に住んでいる者はいないか？」

「ええっと、兄のテオドールが王立図書館の近くの屋敷に住んでいます」

「治水卿か」

「はい。家に研究所を構えているので、多分いると思います」

「では、そこに向かわせてもらおう。事情を俺から話しても？」

　多分オスカーから話してもらった方が的確だろうと思いながら、はい、とうなずくクロエ。

　そのとき馬車が止まり、ドアが開かれた。

「着いたようだ、降りよう」

「はい」と立ち上がったクロエの手を、コンスタンスが目を潤ませて握り締めた。

「ありがとう！　本当にありがとう！」

　クロエは、初めてできた大切な友人の白く華奢な手を握り返した。

「こちらこそありがとう。あなたの幸運を祈っているわ。あと、トマトは冷やすと更に美味しく食べられるから、試してみて」

　コンスタンスが吹き出した。

「もう！　クロエったら！　分かったわ、ありがとう」

コンスタンスを乗せた馬車が走り去ったあと、オスカーは、すぐ近くの道端に停まっていた黒塗りの馬車に乗り込んだ。

「急ぎ、王立図書館近く、治水卿の屋敷へ」

目深に帽子を被った御者が黙ってうなずくと、すぐに馬を走らせ始める。

クロエは、正面に座っているオスカーをながめた。目の前でここまで鋭い顔をしている彼を見るのは初めてだ。

クロエに見られていることに気がついたのか、オスカーが表情を緩めた。

「すまない。少し考え事をしていた」

「いえ、これからどうする感じでしょうか」

オスカーは躊躇うように一瞬黙ると、ゆっくり口を開いた。

「色々考えてみたのだが、もしかすると、クロエには少し王都を離れてもらった方が良いかもしれない」

「王都を離れる、ですか」

「ああ、君は俺たちの恩人だ。この件で不利益を被らないように公爵家を挙げて全力を尽くしたいと思うが、殿下側がゴネた場合、かなりの面倒をかけてしまう可能性がある」

クロエは目をぱちくりさせた。

「あれだけ証拠があってもゴネるんですか？」

「普通だったら考えられないが、ここ最近、彼は普通では考えられないことを、やらかしすぎている」

「まあ、確かにそうですね……」

今まで尽くしてきたコンスタンスへの心ない断罪や、学園生活最後の大切なイベントである卒業パーティでの茶番劇など、彼が次期国王だと考えると頭が痛くなるような狼藉ぶりだ。

オスカーが辛そうな顔で頭を下げた。

「すまない。以前相談されておきながら、甘い手を打ってしまった俺の責任だ」

クロエは慌てて首を横に振った。

「いえ、違います。ナロウ殿下が変なだけです。……というか、あんな人が第一王子で大丈夫なんですか、この国」

「以前はここまでではなかったのだが……」

オスカーが再び考え込む。

考えを邪魔しない方が良さそうな気がして、クロエは黙って窓の外を見た。見慣れているはずの街並みが、何だか知らない場所のように見える。

彼女は流れる景色を見ながら思案に暮れた。

(かなりの面倒をかけるってことは、呼ばれたり何度も同じ質問をされたりするってことよね)

何か時間の無駄っぽいわね、と思う。あの頭の悪そうな王子が納得するまで付き合わされるとか、考えるだけでもしんどい。

(そんなのに付き合うくらいなら確かに王都を離れていた方が良さそうね。いっそ身を隠した方が良いのかも)

窓の外をながめながら、どこに身を隠そうか、身を隠している間に何をしようかなどと考える。

そして、コンスタンスと別れてから約二十分後。馬車は、テオドールの住む古びた屋敷の前に停まった。

馬車から降りたクロエが門のベルを鳴らすと、玄関の扉が開いて、髪の毛に寝ぐせのついた兄テオドールが現れた。

「やあ、クロエ。急にどうしたんだい？　ええっと、そちらは？」

「初めてお目にかかります。ソリティド公爵家のオスカーです」

礼儀正しくお辞儀をするオスカーに、「は？　ソリティド公爵家？」とテオドールが目を丸くする。「何かあったみたいだね」と二人を家に招き入れると、片付いているとは言いがたい居間に案内してくれた。

「僕は人が家にいるのが好きじゃなくてね、使用人なんかはいないから安心して欲しい。ええっと、今お茶を……」

「お茶なら、わたしが用意してきます」とクロエが立ち上がった。「お兄様たちは先に話をしていてください」

「ああ、了解だ」

男性二人を残し、クロエは台所に向かった。

雑然とした台所のあちこちを探り、なんとか見つけ出したポットでお湯を沸かして、古くなさそうな茶葉を選んでお茶を淹れる。

それらをお盆に載せて居間に戻ると、テオドールがやや引きつった顔で笑っていた。

「ははは、まさかそこまで王族を完膚なきまで叩きのめすなんてねえ。この前手土産を持ってきたときは大人になったと思ったけど、やっぱりクロエはクロエだねえ」

「こちらとしては助けられました。しかし……」

オスカーが軽く視線を落とすと、テオドールがため息をついた。

「まあ、そうですね、クロエの証言を覆そうという者が出ても不思議はないでしょうねえ。状況によっては手荒な真似をしようとする家が出てきてもおかしくない」

そして、お茶をテーブルの上に並べるクロエに、陽気な口調で言った。

「どうする。しばらく実家の物置にでも隠れているか？　うちの地下室でもいいぞ」

懇意にしている修道院なら魔道具の研究を続けられる、と言うオスカー。

クロエはソファに座ると、二人に向かって口を開いた。

「それなのですが、わたし、いい機会だから隣国に行こうと思って」

「え？」

「隣国？」

予想外の答えに目をしばたたかせる二人に、クロエが目をキラキラさせながら一気に説明した。

「ルイーネ王国に古代魔道具が出土する場所がたくさんあって、ブライト王国とは比較にならないくらい種類も数も豊富らしいんです」

ブライト王国は、クロエのような技術を持った人間が、やむを得ない事情以外で国を離れることを禁止している。だからクロエも隣国へ行くことを諦めていたわけだが、今のこの状況はチャンスではないだろうか。

(今なら全部あの王子様のせいにできるわ)

「王子がゴネそうだから仕方なく亡命した」と全て彼のせいにしてルイーネ王国に行き、楽しく古代魔道具の研究をしたあと、ほとぼりが冷めた頃に帰ってこようという魂胆だ。

(それに、わたしがこの国にいたら、家族はもちろん、コンスタンスやオスカー様に余計な苦労をかけそうな気がするわ)

王子とプリシラは、かなり粘着質なタイプに見えた。家族やオスカーたちは守ろうとしてくれるだろうが、これは自分が蒔いた種だ、自分で何とかするべきだろう。研究はどこでもできる。

彼女の考えを察したのか、兄のテオドールが「なるほど」とつぶやくと、陽気に笑った。

「はは、そりゃいい考えだ。マドネス家の人間はこういう機会でもないと、他国に住むなんてできないからねえ。しかし惜しいなあ、クロエが未成年なら、僕も一緒に行く理由になったんだけどね」

「ふふ、いい考えでしょう。せっかくだから、向こうで二年くらい研究してくるわ」

「二年じゃもったいないな。理由をつけて、もっといてもいいんじゃないか、その間は別の国に行くのも自由だしねえ」

二人の会話を聞いて、オスカーが驚きの表情を浮かべる。

そして少しだけ寂しげに苦笑した後、「それが君の希望なら」と目を伏せてつぶやくと、顔を上げて大きくうなずいた。

「分かりました。出国に関してはお任せください。隣国の生活については、金銭面も含めて望み通りになるように尽力します。いつごろ出発できそうですか」

なるべく早い方が良い、とオスカーに言われ、クロエは思案した。

(廃校舎から必要最低限の荷物は持ってきている。あれを整理して持っていけばいいわよね)

「……そうですね、じゃあ、今日の夜とか、明朝なんてどうでしょうか」

「実家には僕の方から伝えておくから心配いらないよ」

二人の言葉を聞いて、オスカーが立ち上がった。

「分かりました、では、準備を整えて、早ければ今日の夜にこちらに迎えに来ます」

「また連絡します」と、オスカーが急いで帰るのを門の前で見送ったあと、テオドールが苦笑しながら横に立っているクロエを見た。

「いやいや、突然来たと思ったら、怒濤の展開だね」

「ええ、そうね。わたしも半分夢見心地よ」

さっきまで卒業パーティで美味しいご飯を食べていたのに、夜には王都を出ることになっている。展開が早すぎてついていけない。

兄に「これからどうする?」と問われ、クロエは考え込んだ。

「必要な手配は全てオスカー様の方でやってくれるって言っていたから、あとは自分の荷物の準備くらいかしら」

「なにか足りないものはあるか?」

「大丈夫よ、学園から出るときに色々持ってきたから、その中から適当に見繕うわ」

テオドールが、「そうか」とうなずくと、気遣うような顔をした。

「じゃあ、出発まで少し休むといい。お世辞にも顔色が良いとは言えないからね」

クロエは玄関にかかっている柱時計を見上げて、目を見開いた。

時刻は午後の二時。パーティが始まってから、まだ四時間しか経っていない。

(もっと経っていると思ったわ。夜までまだ時間があるわね)

ホッとしたせいか、急に眠気に襲われる。

クロエは大きな欠伸をしながら言った。

「わかったわ。じゃあ、夕方まで寝かせてもらうわ。客間のベッド、借りてもいいかしら」

テオドールが優しくクロエの頭を撫でた。

「もちろんだよ、ゆっくり寝るといい。おやすみ」

クロエは持ってきた鞄を持つと、二階の比較的片付いている客間に移動した。

眠気でフラフラになりながら、鞄の中から「窮屈だったでしょう」と廃校舎から持ってきた魔道具を丁寧に取り出して棚の上に並べる。

そして、手早く服を脱ぐと、ベッドに潜り込んだ。

眠れるか心配だったが、どうやら疲れていたらしく、あっという間に意識を手放す。

そして、次に目を覚ましたときは、窓の外はすでに薄暗くなっていた。

(ずいぶん長い間寝ていたみたいね)

テオドールの書斎に行くと、寝ている間にオスカーから連絡があり、あと数時間後に迎えが来ると教えられた。

「荷物を詰め終わったら食堂においで、ご飯にしよう」

クロエは客間に戻ると、寝る前に棚の上に並べた魔道具たちをながめた。この子たちにも、まだ見ぬ隣国の景色を見せてあげたいと思う反面、持ち運んでいるうちに壊れてしまうかもしれないと考える。

そして、苦悩の末、彼女は魔道具たちをそっと抱きしめた。

「ごめんね、お留守番していて」

元気でねと優しくタオルに包んで、丁寧にクローゼットの奥にしまい、その他荷物を適当に鞄に詰める。

そして、鞄を持って階段を下り、台所でテオドールと一緒に質素な夕食を食べ終わってからしばらくして。

夜の闇に紛れて、屋敷の前に真っ黒に塗られた馬車が停まった。

クロエが、外套を羽織って急いでエントランスに向かうと、そこに立っていたのは紺色のマントを羽織って腰に剣を下げたオスカーだった。

彼はクロエを見ると、穏やかに微笑んだ。

「準備はいいか？」

「はい、大丈夫です」

クロエは振り返ると、見送りに出てきてくれた少し寂しげなテオドールに抱きついた。

「お兄様、いってきます」

「ああ、いっておいで。気をつけるんだよ」

「はい。お兄様も。客間のテーブルの上にみんなに宛てた手紙を置いてきたので、渡してください」

「わかったよ。きっとみんな喜ぶ」

オスカーとテオドールが真面目な顔で少し長めに会話を交わす。それが終わると、オスカーがクロエの荷物を持ち、二人はそっと家を出て馬車に乗り込んだ。

「出発してくれ」

馬がゆっくりと走り始め、家の明かりの下で手を振る兄の姿が、どんどん小さくなっていく。

その様を手を振ってながめながら、クロエは不思議な気分になった。これから始まる新しい生活への期待と緊張、本当に国を出るのが信じられない気持ちなどが混じった、未だかつて感じたことのない感覚だ。

複雑な表情をしながら窓の外を見る彼女を、正面に座ったオスカーが目を細めて見つめる。

そして、しばらく走った後、彼はゆっくりと口を開いた。

「先に、これからについて説明しておこうと思うが、いいか」

「もちろんです」

少し緊張して座り直すクロエの前に、オスカーが地図を広げて指を差した。

「今向かっているのは、この王都の東にあるパレモという街だ。そこにはランズという商会の商隊がいて、これらの街を経由してルイーネ王国に入ることになっている」

「もしかして」

「ああ、君はその商隊の一員として隣国に向かうことになる」

オスカー曰く、ランズ商会はソリティド公爵家と『そういう契約』をしている商会の一つらしい。

「商会長のランズはこういったことに慣れている。ルイーネ王国に到着したら、彼から今後について話を切り出してくるから、自分の希望を伝えてくれ。大抵のことは叶(かな)えてくれる」

「すごいですね。たった半日でここまで整えられるなんて」

「公爵家で持っている既存のルートを使っただけだ。たまに、こうやって人を隣国に出すことがあるんだ」

公爵家ってなんかすごい、とクロエが感心する。そして、少しためらったあと、尋ねた。

「あの。コンスタンスはこれからどうするんですか？」

地方子爵家である自分は身軽だ。こうやって国外へ身を隠すこともできる。でも、公爵家の令嬢である彼女はそうはいかないだろう。

「……そうだな」と、オスカーが目を伏せた。「まだ本人と直接話したわけではないが、我が公爵家としては、婚約解消の方向で動くことになると思う」

クロエは、ホッと胸を撫で下ろした。

「良かったです。あんな不誠実な人と一緒にいても、絶対に幸せになれないと思うので」

「俺もそう思う。ちょうど一時帰国していた両親もこの話を聞いて驚いていた、まさかナロウ殿下があそこまで愚かだとは思っていなかったんだろう」

それは俺も同じだが、とつぶやくオスカーに、クロエは気になっていたことを尋ねた。

「あの、プリシラっていう人は何なのですか？」

「北方にある領地を治めるライリューゲ男爵家の長女だ」

「……ライリューゲ、ですか」とクロエがつぶやく。何となく引っかかる気がして「どんな家なのですか」と尋ねると、オスカーが淡々と答えた。

「家柄はかなり古いらしい。領地の特産品は茶葉と家具で、有名な家具職人が揃っていることで知られている。王都にも店を持っていて、ティーサロンが二軒、家具店が二軒、アンティーク骨董品店が一軒だそうだ」

クロエは首をかしげた。

「特に変わった感じはしませんね」

「そうだな。商売上手ではありそうだが、いわゆる普通の貴族だな」

オスカーがうなずきながら同意する。

「プリシラさんは編入って聞きましたけど」

「本人の病気が理由のようだ。学園に入学するまでは特に大きな話もないし、地元の学校の成績は割と良かったと聞いている」

ふうむ、とクロエは眉間にしわを寄せながら腕を組んだ。

「なんか、本当に普通な感じですね」

「ああ、普通だ。だから王宮側も特に警戒しなかったのだろうが……」

い。

オスカー曰く、王宮側もこんな事態になったことについて驚きを隠せない状態らし

「不思議な話ですね」

「ああ……、不思議だ」

そんな会話をする二人を乗せて進んでいく馬車。

王都を出て、馬に乗った護衛らしき男性二人と合流し、彼らと共に街道を真っすぐ進んでいく。

そして何度か休みながら走ること二時間。馬の嘶きと共に馬車が停まった。

「パレモの街の近くに着いたようだ。郊外に門限に遅れた体を装って野営している馬車がいる。そこまで歩いて行って合流する」

荷物を持ったオスカーが先に降り、クロエに手が差し伸べられる。

「足元に気をつけて」

大きな手に支えられて馬車を出ると、外は草原。明るい半月に照らされて、街道が白く光っている。遠くの方に微かに見える光が、オスカーの言う野営だろうか。

「行こう」

二人は街道をゆっくりと進み始めた。

オスカーの大きな手が、クロエの手を支えるように握り、彼女がつまずきそうになると、ぐっと支えてくれる。

オスカー様って手が大きいわね、とクロエが考えていると、彼が口を開いた。

「コンスタンスから伝言だ。部屋の乱れは生活の乱れ、もうちょっと部屋を綺麗に片付けなさい、だそうだ」

クロエは苦笑いした。始終何か言いたそうな顔をしているとは思っていたが、どうやら部屋について一言言いたかったらしい。

彼女は淡々と答えた。

「そういう文句は、今度会ったときに聞く、とお伝えください」

「分かった、そう伝えておこう。あと、住む場所が決まったら手紙を絶対に寄越すようにとのことだ。あの住環境を見て不安になったらしい」

コンスタンスって意外と心配性なところがあるわよね、と思いながら「分かりました」とうなずくクロエ。

「わたしからは、ドレスを十秒で脱ぐ練習をしておいてくれとお伝えください」

「男の俺でも十秒は無理そうだが、一応伝えておこう」

「え、無理ですか？」

「ああ、ベルトを外しているうちに終わるな。君はできるのか？」

「はい、多分」

「それは早すぎだ」

何となくおかしくなって、くすくすと笑う二人。柔らかい空気が流れる。

そして、月明かりに照らされた街の城門と、その裏側に置かれている馬車と焚火(たきび)がぼんやりと見えてくると、オスカーが足を止めた。

「これ以降は、向こうからも見える可能性がある。俺が送れるのはここまでだ」

そして、息を軽く吐くと、クロエの目を真っすぐ見つめた。

「二年後、いや、三年後でもいい。クロエが飽きたら、迎えにいかせてくれないか？」

迎えに？　とクロエが首をかしげた。

来てくれるのはありがたいが、帰りはちゃんと自分で帰れるようになっていると思う。さすがに迎えにまで来てもらうのは申し訳ない。

「大丈夫です、気にしないでください。自分で帰れますから」

明るく言うクロエに、オスカーが、この娘(こ)、絶対に意味が分かっていないな、という風に苦笑する。

そして、「じゃあ、せめて」と両手を広げると、彼女を優しく包み込んだ。

「……しばらくお別れだな。くれぐれも気をつけて」

クロエの頭に何か柔らかいものが押し付けられる感触がする。

オスカーはそっと体を離すと、彼女の頭を優しく撫でながら、空を見上げた。

「月が翳ってきた。今がチャンスだ」

「はい、じゃあ、いってきます」

クロエは荷物を受け取ると、踵を返して歩き始めた。転ばないようにと足元に気をつけながら、少し曇った星空の下をずんずん進む。

そして、焚火に近づくと、男女が焚火のそばで番をしているのが見えた。

男性がクロエの方を向いて、「あ!」と声を出す。

「もしかして、あんたがクロエか?」

「はい」

クロエがうなずくと、女性がにっこり微笑みながら立ち上がった。

「待っていたわよ。さ、こっちにいらっしゃい、そこは寒いでしょう」

二人の親切な態度にホッとしながら振り返ると、遠くの方にぼんやりと見える人影がゆっくりと手を振っているのが見える。

その姿に向かって軽く頭を下げながら、クロエは小さくつぶやいた。

「ありがとう、オスカー様、またね」

## 【幕間①】王都のティーサロンにて

クロエが隣国へ旅立った、数日後。

店先に春の花や果物が並ぶ、にぎやかな大通りの一角にある、洒落(しゃれ)たティーサロンにて。

ピンク色のふわふわ髪の娘と、目立たないが上質そうなスーツを身に纏った二人の青年が、店の奥にある上級貴族の屋敷の応接室と見まがうような豪華な個室で、優雅にお茶を飲んでいた。

ピンク髪の娘は、コンスタンスを嘘で陥れようとしたプリシラ・ライリューゲ男爵令嬢。

青年二人は、金髪碧眼のナロウ王子と、その側近である眼鏡をかけたグレイの髪と水色の瞳をした美青年ミカエル・ビシャス侯爵令息。ミカエルの父は大臣職に就いており、この国の重鎮の一人だ。

ミカエルが高価そうなティーカップを上品に置くと、ナロウ王子とプリシラに向かって申し訳なさそうに頭を下げた。

「ここ数日、あらゆる場所を捜したのですが、クロエ・マドネスは見つかりませんでした。どうやら数日前に王都を出たようです」

ナロウ王子が眉をひそめた。

「それは確かなのか」

「はい、調べた者の話ですと、彼女の兄のテオドールが、彼女が進学予定だった大学に一年間の休学届を出したそうです。大学職員を装って彼女がどこに行ったか尋ねたところ、『どこに行ったかは分からないが、妹が王都にいないことだけは確かだ』という答えが返ってきたと」

ナロウ王子は、忌々しそうに舌打ちした。

「この手際の良さはソリティド公爵家の仕業だな。先手を打たれた」

そして、隣に座っていたプリシラの頭を申し訳なさそうに撫でた。

「すまない。聞いての通り、クロエ・マドネスは王都を出てしまったようだ」

プリシラは両手を胸の前で組むと、潤んだ目で王子を見上げた。

「ええー、残念です、せっかくちゃんとお話しして、誤解を解きたかったのに……」

「そうだな。『北の廃校舎』と『南の廃校舎』を間違えただけだというのに、プリシラに対してあんな言い方をするなど、許せることではない」

「クロエさんは悪くないです！　わたしが言い間違えたばっかりに……」

涙をこぼすプリシラを、ナロウ王子とミカエルがどこか虚(うつ)ろな目で同情するように見つめる。

そして、なんとか見つける方法はないものかと二人の青年が話し合っていた、そのとき。

コンコンコン、とノックの音がした。続いて「失礼してもよろしいでしょうか」という声が廊下に響く。

ナロウ王子が鷹揚(おうよう)に「入れ」と声をかけると、ドアが開いて恰幅(かっぷく)の良い中年男性が笑顔で入ってきた。

「失礼いたします」

貴族男性を見て、青年二人が笑顔で立ち上がる。

ナロウ王子が嬉しそうに両手を広げた。

「ライリューゲ男爵ではないか！　失礼などではない、座ってくれ！」

それは、このティーサロンの持ち主であり、プリシラの父親でもあるライリューゲ男爵。赤みのかかった茶色い髪と髭を丁寧に撫でつけ、刺繍(ししゅう)の施された貴族らしい丈の長いジャケットを羽織っている。

彼は恭しくお辞儀をすると、にっこり笑った。

「ありがとうございます、殿下。ですが、若い人たちの中に入るなど、無粋な真似はできません」

「なにを言う、貴公と私の仲ではないか。そうそう、貴公からもらった茶葉、母上にも非常に好評であったぞ！」

「そうでしたか、それは光栄でございます」

ニコニコしながら揉み手をする男爵に、ミカエルが頭を下げた。

「男爵、ご助力感謝いたします。あなたがいなければ、我らは周囲の者の反対を受けて、今日この店に来ることすらできなかったでしょう」

ライリューゲ男爵はニコニコと笑った。

「いえいえ、大した話ではございません。私はただ単に皆様をお茶にお招きして、少しお話しさせていただいただけですよ」

そして、「そういえば」と、いかにも今思い出したような顔をすると、何気ない風に口を開いた。

「例の、でたらめな証言をした魔道具師の娘が見つかっていないそうですね」

ナロウ王子が苦虫を嚙み潰したような顔をした。

「ああ、クロエ・マドネスか。先ほど話していたところだ。どうやら王都を出たらしい」

「そうですか……。残念ですなあ、魔道具の天才と聞いていたので、ぜひ一度話をしてみたいと思っていたのですが」

男爵が残念そうな表情を浮かべると、ナロウ王子が鷹揚にうなずいた。

「我らが捜しているのだ。王都にいなくとも、直に見つかる。男爵にも会わせようじゃないか」

「それは楽しみでございます。見つかった暁には、ぜひともご一報ください」

ニコニコ笑う男爵。そして、ふと心配そうな顔をした。

「あまり長くなると、ご家族が心配されますぞ。そろそろお戻りになった方がよろしいかと」

「……そうだな、名残惜しいが、そうしよう」

「ああ、私たちは、このティーサロンがすっかり気に入ってしまいました」

「茶も美味いし、ここに来ると落ち着く」

王子とミカエルが口々に賞賛の言葉を述べると、「それは光栄です」とニコニコする男爵。先に廊下に出ると、部屋のドアを押さえながら頭を下げた。

「表に馬車を待たせております。足元にお気をつけて」

三人が、次はいつ集まるかと楽しげに話をしながら出ていく。

若者たちが立ち去ったあと、男爵は笑顔を張り付けたまま頭を上げると、ゆっくりとドアを閉めた。

# 第二章

## プロローグ　不摂生な薬屋、いつも通りの朝を迎える

空がぼうっとした銀色に染まり始める早朝。

朝靄に包まれた、ルイーネ王国の辺境にある城壁の街サイファにて、朝の恒例行事が行われていた。

ドンドン！　ドンドン！

遠くから聞こえてくるドアを叩く音と、「おーい、薬屋！　起きろ！　時間だぞ！」という大きな男性の声。

「うーん、もう、朝か……」

机に突っ伏していたクロエが寝ぼけまなこで顔を上げると、そこは黒い大鍋が置かれた薄暗くて雑然とした作業場。窓から差し込む青白い夜明け前の光が、机上の分解された古代魔道具をぼんやりと照らしている。

彼女はのろのろと立ち上がると、「また寝落ちしてしまったわ」と大きく伸びをし

ながら壁に掛かっている柱時計を見上げた。

「本当だ、五時半だ。店、開けないと」

ドンドンドン、という音を聞きながら、作業場の隅の水場で顔を洗う。お腹が空いていることに気がつき、「昨日夕飯食べるのを忘れた」とぼやきながら、置いてあったカップに半分ほど残っていた冷たくて渋いお茶を飲む。

そして、短く切った髪の毛を手櫛で軽く整え、えんじ色の上着を羽織って丸眼鏡をかけると、店舗につながる木製のドアを開け放った。

ドアの先にあるのは、薄暗い白壁の小さな店舗。白いカーテンの隙間から漏れる朝の光が木のカウンターを静かに照らしている。

ドアを叩く音と、「薬屋！　起きろー！」という声が大きくなる。

クロエは「ちょっと待ってください！」と外につながるドアに向かって大きな声を出すと、作業場から木箱を抱えてヨロヨロと運び始めた。中にぎっしり詰まった小さなガラス瓶たちが、カチャカチャと音を立てる。

木箱を、よいしょとカウンターの上に置き、窓にかかっている白いカーテンを開ける。そして、「今開けます」と言いながら、閂を外してマホガニーの頑丈なドアを開けた。

「お待たせしました、開店です」

外は朝靄に包まれた大通りで、まだ日が昇る前だというのに大柄な男性や鎧を着た女性などが二十人ほどズラリと並んでいる。

先頭の大剣を背負った中年男性が、クロエを見て呆れたような顔をした。

「おせーよ、薬屋！　てか、お前、また机の上で寝てただろ」

「え、なんで分かったんですか？」

「顔に跡がついてる」

そう言われて、クロエが頬を片手でさすると、くっきり線状の跡がついているのが分かる。そういえば本の上に突っ伏して寝ていたわねと思い出していると、男が彼女に尋ねた。

「で、ココさんよ。今日の回復薬の出来はどうだ？」

男の質問に、にぎやかだった行列がピタリと黙る。

クロエはニヤッと笑うと、親指を立ててみせた。

「ばっちり」

行列がわあっと歓声を上げた。「出た！　ばっちり！」「今日も期待できるわね！」という声が聞こえてくる。

クロエは店に客を招き入れると、カウンターに立って接客を始めた。

「回復薬は一人三本までです」

「じゃあ、回復薬三本と、解毒薬二本くれ」

クロエが、箱の中から小さな瓶を二種類五本取り出すと、カウンターの上に並べた。

「はい、どうぞ。金貨一枚です」

「相変わらず良心的だな！　助かるぜ！　また来るな！」

お金を支払って、ウエストポーチにガラス瓶をしまうと、大剣を背負った男が、嬉しそうに店を出ていく。

「お次の方、どうぞ」

鎧を着た大柄な女性がカウンターの前に立った。

「回復薬三本と、造血剤二本ちょうだい」

「はい、金貨一枚です」

「ありがとうね。あんたのとこの薬は効きが嘘みたいに良いから、持っていると安心感が違うわ」

女性が「また来るわね」とニコニコしながら帰っていく。

その後も次々と客をさばいていくクロエ。

箱いっぱいに詰まっていたガラス瓶がどんどんなくなり、「回復薬なくなりました！」「解毒薬なくなりました！」という声と共に、後ろの方に並んでいた客が残念そうに帰っていく。

そして、開店から約三十分後。

最後の客がニコニコしながら「ありがとな！　また来るぜ！」と帰り、誰もいなくなると、クロエは壁に掛けてある時計を見上げた。

「六時。今日はスムーズだったわね」

そして、カウンターの端に置いてあった掛札二枚を手に持って店の外に出た。

外は白壁とレンガ色の瓦屋根の建物が並ぶ石畳の大通り。ゆったりとした服装の人々が朝日に照らされながら、忙しそうに歩いている。

それらをながめながら、クロエは、ぐぐーっと伸びをした。

「はあ、今日も一日始まったわね」

そして、手に持っていた看板を扉に掛けると、さすがに寝不足だわと大きな欠伸をした。

「シャワーを浴びて、久々にベッドで一眠りしますか」

目をこすりながら、店の中に入っていく。

閉められたドアの外には、二枚の札が揺れていた。

『薬屋ココ、本日分の薬、売り切れました』

『ただいま休憩中、午後の営業は一時から三時まで』

クロエが母国ブライト王国を出て三か月後、とある晩春の日のことであった。

## 一．不摂生な薬屋に至るまで

オスカーと別れた翌々日。

クロエはランズ商会の商隊に紛れて、無事ルイーネ王国に入国した。

ルイーネ王国は、雨が少なく荒野が多い小さな国だ。

元は貧しい国だったが、国境付近の大山脈に、古代魔道具や希少資源を産出する複数の地下洞窟（ダンジョン）が発見されたことにより、ここ五十年ほどで一気に豊かになったらしい。

どことなく砂っぽい街には、白壁とレンガ色の屋根の背の低い建物が並んでおり、ところどころに丸屋根の教会らしき建物が建っている。

商隊の馬車から見える前世でも見たことのない風景に、クロエは心を躍らせた。

（森と湖のブライト王国もいいけど、異国情緒溢れるこちらの国も素敵ね）

そして、商隊がルイーネ王国の王都にあるランズ商会の建物に到着してすぐ。

クロエは、人当たりは良いが目つきが鋭い中年男性——商隊の長であるランズ会長に呼ばれた。

几帳面（きちょうめん）そうに片付けられている執務室にて、彼はクロエに椅子を勧めると、おもむろに尋ねた。

「さて、国境を越えたわけだが、お嬢さん、これからどうしたい？　公爵家からは生活費はもちろん、その他支援も惜しむなと言われているから、大抵の望みは叶えられると思うぞ」

クロエは腕を組んで考え込んだ。

この国に来た目的は、二つ。

『ブライト王国内の騒ぎが収まるまで身を隠すこと』

『この国で発掘される未知の古代魔道具を分析しつつ、生活魔道具の研究をすること』

この二つを同時に実現するとなると、どこかに引き籠もって湯水のようにお金を使いながら古代魔道具研究をしつつ、生活魔道具を開発するのが理想的なのだが……。

（それだと前世と変わらないのよね）

魔道具を人々の生活のために作ろうと思うなら、人々の生活を知らなければいけないし、人と接して情報を得なければならない。これは今世でクロエが学んだことだ。

（いい機会だし、街で働いてみるとかどうかしら）

働けば人々の生活を知ることができるし、情報も自然と入ってくる。

もちろん市井で働くことに不安はあるが、学園や大学の依頼を受けて魔道具を開発してお金を稼いでいた実績もある。どこかの魔道具店で働けるのではないだろうか。

こうした考えをランズ会長に伝えると、思い切り苦笑された。

「言っていることは理解できるが、魔道具師としてどこかで働くのはやめた方がいいと思うぞ」

「なぜですか？」

「あんた、記録玉と魔導湯沸かしポットを開発したクロエ・マドネスだろ。たとえ名前を伏せたところで、街の魔道具店なんかで働いたら、どう考えても目立ちすぎるだろ」

彼曰く、普通の魔道具師は作れる魔道具が限られる上に新規開発などできないらしく、特許を取れるような開発なんてしたら大騒ぎになるらしい。

「身を隠すためにこの国に来たのに、目立つことやってどうするんだって話だ。本気で身を隠す気なら、魔道具開発は封印した方がいい」

クロエは目を伏せた。

「……でも、できることが他にないんです」

前世からの筋金入りの魔道具オタクである自分に、魔道具以外でお金を稼げるとは思えない。

ややしょんぼりするクロエを見ながら、ランズが「ふむ」と腕を組んだ。

「なるほどなあ。だが、魔道具師になれる魔力があるなら、他にもできることがあるだろ。例えばだが、回復薬なんて作れないのか？」

ちなみに、この世界では誰もが魔力を持っているが、魔力量が多いと次のような職業が選択できる。

・魔力を使って、素材を加工・調合する『薬師（くすし）』

・魔力を使って、身体強化や剣の強化を行い、人外的に強くなる『騎士』

・魔力を使って、加工や付与をする『魔道具師』

これらの職業は左にいくほど高い魔力が要求される。

つまり、ランズは「魔道具師」ができるほどの魔力量があるなら、「薬師」なんて余裕でできるんじゃないか、と尋ねたことになるのだ。

彼の質問に、クロエはうなずいた。

「できます。植物研究家の母が製薬するのをよく手伝っていましたし、学園でも学びました。よく褒められていたので、割と得意だと思います」

母には手伝う度に薬の品質の良さに驚かれたし、学園の薬師である教授にも「君の作る薬ほど高品質なものは見たことがない」と絶賛された。きっと人並み以上に製薬できるはずだ。

「じゃあ、薬師として働いてみたらどうだ。誰もお前さんが薬師をやっているなんて思わないだろうし、薬屋はどこの街にもあるから、どこでだって働ける」

なるほど、とクロエは考え込んだ。

確かに魔道具オタクの自分が薬師をやっているなんて誰も思わないだろう。

もしも将来医学分野の魔道具を作ることになったら、薬師としての知識や経験は必ず役に立つ。

(悪くないわ。というか、とても良い考えのような気がするわ)

古代魔道具の研究は余暇の時間にやればいいし、魔道具の開発ができないのは残念だが、アイディアが浮かんだら書き留めておけばよい。

(決めたわ。私、薬師として働く)

クロエはうなずいた。

「分かりました、薬師として働くことにします」

「ああ、それがいいと思うぜ。じゃあ、ちょっと待っていてくれ」

そう言うと、ランズはペンと紙を取り出して手紙を書き始めた。書き終わった手紙に封をして、クロエに手渡す。

「ここからは、あんたの形跡を消すために何人かを経由するから、そのつもりでいてくれ。まずは、この建物を出て右手に百メートルほど進んだところにある赤い屋根の呉服屋の主人にこの手紙を渡すところからだ。そいつが色々と手はずを整えてくれる。それと——」

ランズが肘を机の上について手を組むと、クロエを真っすぐ見た。

「あんたがどこに行ったか、公爵家には知らせるか？　もちろん知らせないこともできる」

クロエは目を伏せた。脳裏に浮かぶのは、クロエが廃校舎に住んでいたと知った時のコンスタンスの心配そうな顔。

案外心配性である彼女に居場所を知らせてしまったら、「あの土地は〇〇って聞いたわ！」などと余計に心配するのではないだろうか。知らない方がきっといい。

「そうですね……、下手に心配させてしまうのもアレなんで、知らせない方向でお願いします」

クロエの答えに、ランズが苦笑いした。

「知らせないと余計心配する気もするが、まあいい、了解だ。居場所を知らせずに手紙を出したいなら俺を経由するといい」

「はい、ありがとうございます」

どうやらこれでお別れらしいと、クロエはお礼を言って立ち上がった。ランズと握手を交わし、商隊のメンバーにお別れの挨拶をして建物を出る。

そして、にぎやかな通りをランズの言った方向に歩いていくと、赤い屋根の呉服屋が見えてきた。ショーウインドウには色とりどりの服が飾られている。

店に入って店員に手紙を渡すと、店長らしきお洒落な女性が出てきて、奥の部屋に通された。

「手紙を読んだよ。まずはその格好をなんとかしないとね」

「格好、ですか」

「ああ。身を隠す一番の方法は別人になることだからね」

その後、女性の勧めに従い、クロエは人生初の男装をすることになった。

背中の真ん中まであった髪の毛を肩くらいまで切って、男の子っぽく無造作なハーフアップにまとめる。演劇用の胸を押さえる下着を身につけ、体のラインと肩の細さを隠すためにかっちりした、えんじ色の長めの上着を着て、太めのズボンを穿く。

最後に、キャスケット帽と丸眼鏡を身につけて鏡の前に立つと、そこにはやや小柄な少年が立っていた。

（すごい！　ちゃんと男の子に見える！）

クロエが感心してながめていると、女性が口を開いた。

「で、あんた、名前は何にする？」

「名前？」

「身を隠すなら名前も変えないとね、もちろん男の名前だよ」

クロエは考え込んだ。最初兄の名前を借りて「テオドール」にしようかと思ったが、自分の中で兄と自分がごっちゃになる気がしてやめておく。

そして考えた末、彼女は「クロエ」を、前世の言葉読みにすることを思いついた。

「ココ、とかどうでしょうか」

「ああ、いいんじゃないかい。割とある名前だし、その外見にぴったりだ」

その後、従業員が持ってきてくれた大きめの旅行鞄に、用意してもらった予備の下着や男性物の服、日用品などを詰め込む。

そして女性から次の目的地を教えてもらうと、紹介状をもらって店を出た。

（次は馬車乗り場ね）

とまあ、こんな感じでクロエは紹介状を頼りに幾つかの街を経由。

途中で『ココ』という刻印が入った薬師の証となる銀色のバッジと、薬師ギルドが発行している既製薬の作り方が記載されている『製薬大事典』をもらい、最後の経由地となる街に向かった。

最後の街に到着してすぐ、クロエは薬師ギルドに向かった。

薬師ギルドは、街の中心にある白壁の二階建ての建物で、開け放たれている木の扉からは人々が忙しそうに出入りしている。

受付の女性に紹介状を渡すと、すぐにソファの置いてある応接室のような場所に通され、ギルド長を名乗る初老の男性が出てきた。

彼は、よいしょと向かいのソファに座った。

「紹介状を読んだよ。住む場所と仕事の斡旋だね」

「はい」

ギルド長は受付嬢に持ってこさせたファイルをパラパラとめくると、ローテーブルの上に三枚の紙を並べた。

「今あるのは、この三つだね。一つ目が、大きな街の薬屋からの募集。二つ目が、長期移動予定の商隊からの同行薬師の募集。そして、三つ目が、サイファという街にある薬屋の店主募集だ」

彼曰く、月収入は恐らくどれも同じくらいになるだろうとのこと。

（色々あるのね）

クロエは紙を手に取ると順番に読み始めた。

一枚目は無難そうだと思い、二枚目は色々な場所に行けて楽しそうだが、研究には向かない気がすると考える。

そして、三枚目の紙に目を通して、彼女は目をぱちくりさせた。

「これ、すごく条件がいい気がするんですけど、なんでまだ決まっていないんですか？」

他二枚の紙の募集開始日が三日以内なのに対し、三枚目の紙の募集開始日は二週間前。条件にはこんなことが書いてあった。

・街から店舗兼住居の物件提供あり、家賃不要
・清掃、必要な道具の新調などの出店準備は、街が全面バックアップ＆全額負担

・材料の手配は、冒険者ギルドが一括引き受け
・経営面ももちろんサポート、経験がなくても安心です！
・今なら働いてくれる薬師様に、金貨二十枚プレゼント！

家賃不要の住居が付いている上に、金貨二十枚の特典付き。他二つと比べて破格の条件だ。

「もしかしてサイファという街に問題があるんですか？」と尋ねるクロエに、ギルド長が首を横に振った。

「場所は辺境だが、極めて普通の街だよ。大山脈が近くにあるから地下洞窟(ダンジョン)目当ての冒険者が多いが、そういった街の中では治安もいい。決まらない理由は、一番下に書いてある勤務期間だろうね」

クロエは紙の下部に目を落とした。

『勤務期間二年』

ギルド長がため息をついた。

「お偉いさんの息子が二年後に帰ってくるとかいう話だ。いわゆる大人の都合ってやつだね」

「なるほど、だからこんなに条件がいいんですね」

「まあ普通は二年なんて半端な年数しか働けない場所を選ばないからね。だが、街の冒険者ギルドにとって薬師がいないのは死活問題だから、こうやって必死に募集をしているってわけだ」

　クロエは、ふうむ、と考え込んだ。

（これって、わたしにとっては、かなり良い条件よね）

　二年も経てばさすがにブライト王国も落ち着くだろうから勤め上げて帰ればいいし、そこから新たな魔道具を探す旅に出てもいい。一人暮らしだから気兼ねなく魔道具の研究ができそうだし、地下洞窟（ダンジョン）の近くならば古代魔道具が手に入りやすそうな気がする。

　決めたわ、と彼女は三枚目の紙を指差した。

「じゃあ、わたし……じゃなくて、僕、ここにします」

「は⁉」

　ギルド長が呆気にとられた。

「あんた、話を聞いていたかね？」

「はい、聞いていました。なので、こちらからも条件が二つあります」

「ほう、条件」とギルド長が目を細める。

「はい、一つ目は、絶対に期間を二年以上延長しないことです」

「……え？　まあ、そこは大丈夫だと思うが、一応明記してもらうかね」

「二つ目は、街にある古代魔道具を見せてくれることです！」

ギルド長は目をぱちくりさせた。

「ま、まあ、あそこの街には古代魔道具が集まるから、壊さなければ貸し出しくらい大丈夫だと思うぞ」

「か、貸し出し！」

クロエは身を乗り出した。古代魔道具を貸してくれるだなんて、夢のような職場じゃないか。

（これは楽しみだわ、早く行きたい！）

その後、「本当にそんな条件でいいのか」と何度か念を押されたあと、ギルド長がすぐに冒険者ギルドに掛け合ってくれ、先方がクロエの出した条件を全面的に呑むという形で契約を結ぶことになった。

契約を結んだ翌日早朝。

クロエは、冒険者ギルドが用意してくれた馬車に乗って、サイファの街に向かっていた。

本音を言えば、街の魔道具店を物色しに行きたかったのだが、冒険者ギルドの職員に、「一刻も早くサイファの街に行ってもらいたい」と必死の形相で懇願され、早々に出発することになった。

街を出た馬車は、春風にたなびく新緑の草原の中を真っすぐ進んでいく。

青い空の下、はるか遠くに山々が連なっているのが見える。

馬車に護衛として同乗している剣を持った男性曰く、山々は大山脈と呼ばれており、大小たくさんの地下洞窟（ダンジョン）があるらしい。地下洞窟（ダンジョン）の周囲には街が幾つかあり、その一つがサイファとのことだった。

（地下洞窟（ダンジョン）に通う冒険者が滞在する街って感じなのね）

馬車から身を乗り出して、草原の向こうに広がる雄大な大山脈をながめながら、見たことのない景色に目を細める。

そして、太陽が天頂を過ぎた頃、クロエは高い城壁と堀に囲まれた街に到着した。

護衛の男性曰く、サイファはかなり古い都城で、その基盤は数百年前に造られたらしい。

周囲はひたすら荒野で、少し離れたところに美しい湖があり、観光名所であると共に街の水源にもなっているとのこと。

城門をくぐると、そこは白壁にレンガ色の屋根の背の低い建物が整然と並ぶ美しい街。白い石畳の上をゆったりとした格好をした人々が忙しそうに歩いている。

馬車は街の中を走り抜け、にぎやかな通りに建っている比較的大きな建物の前で止まった。

護衛の男性に「ここが冒険者ギルドです」と案内されながら建物に入ると、中は長机が並ぶ、まるで大衆酒場のような空間で、壁際には女性職員が座るカウンターが並んでいた。

さすがは冒険者の街、立派な建物だわと思うクロエ。

その後、出てきた黒髭のギルド長に「よく来てくださいました」と泣かんばかりに感謝され、丁重に案内された立派な応接室でこれからについての説明を受けることになった。

ギルド長はテーブルの上に街の地図を置くと、指を差しながら説明を始めた。

「ここが冒険者ギルド、そして、ここがこれからココさんに働いていただく薬屋です」

「近いんですね」

「そうですね。この街自体そこまで大きくないですから」

契約書に関することなどを丁寧に説明してもらう。説明が終わると、ギルド長が立ち上がってドアを開けると廊下に向かって叫んだ。

「アルベルト、来てくれ！」

そして、「アルベルト？」と首をかしげるクロエに得意げに説明した。

「ココさんには、我がギルドで最も優秀な職員を担当につけさせていただきます」

そんな人が担当についてくれるなら助かるなと考えていると、開いたドアから一人の背の高い男性が「失礼します」と入ってきた。褐色の肌に金髪の、いかにも文官といった雰囲気の真面目そうな青年で、端正な顔に銀縁の眼鏡をかけている。

彼は、眼鏡を片手で軽く上げると、礼儀正しく手を差し出した。

「こんにちは、薬師ココさん。担当のアルベルトです。よろしくお願いします」

「ココです。こちらこそよろしくお願いします」

立ち上がって軽く手を握りながら、オスカー様と同じ年くらいかしらと思うクロエ。

ギルド長が「では私はこれで」とお辞儀をして立ち去った後、アルベルトが穏やかに口を開いた。

「お昼はもうお食べになりましたか？」

「はい、道中いただきました」

「そうですか。ではまずはホテルに向かいましょう」

アルベルトは、さりげなくソファの横に置いてあったクロエの荷物を持つと部屋を出て廊下を歩き始めた。

親切そうな人で良かったわと思いながら、クロエがその後ろからついて行く。

その後、予約してくれていたという大通りに面した小綺麗な宿にチェックインすると、クロエは彼と一緒に薬屋の店舗に向かって歩き始めた。

「失礼ですが、ココさんはおいくつでいらっしゃるんですか」

「十八です、アルベルトさんは何歳ですか？」

「今年で二十四になります」

「ギルドに勤めて長いんですか？」

「五年になります」

そんな当たり障りのない会話をしながら、クロエは街を見回した。

建物が白いせいか石畳が白いせいか、全体的に清潔感がある街で、中央には大きな広場があり、その真ん中には台座に立った女性の石像が飾られている。

アルベルトが女性の像を指差した。

「あの像はこの街の象徴のような存在でして、水の女神と呼ばれています」

「水の女神、ですか」

「その昔、女神像の持っている壺（つぼ）から湧き出た水が人々を潤し、この街を守っていたそうです」

「そうなんですか」と興味深そうに像を凝視するクロエを見ながら「まあ単なる言い伝えですが」とアルベルトが微笑む。

そして、街についてなどの会話を交わしながら歩くこと、しばし。

二人は通りに面した小さな店の前に到着した。

「ここが薬屋です」

アルベルトがポケットから鍵束を取り出している間に、クロエは店を観察した。

少し汚れた白壁に、古そうなレンガ色の瓦が乗った三角屋根。大きめな木のドアの横に小さな窓が付いている。

どことなく小人の家を彷彿とさせる愛嬌のある建物だ。

(古そうだけど、悪くない気がするわ)

中に入ってまず目についたのが木のカウンター。カウンターの後ろには背の高い棚が並んでおり、奥に通じるとおぼしきドアがついている。

「思ったより綺麗ですね」

「少し前まで営業していましたからね」と言いながら、アルベルトがカウンターの後ろのドアを開けた。

「こちらが作業場です」

そこは細長いながらもかなり広さのある空間で、端の方には小さな台所があり、その奥には階段がついている。

「二階があるんですね」

「はい、住居スペースになっています」

狭くて急な階段を上ると、ガランとした何もない部屋に出る。天井が斜めの、いわゆる屋根裏部屋だ。

窓から下を覗くと、そこは高い塀に囲まれた井戸のある広めの裏庭で、ちょっとした実験なんかもできそうだ。住んでいる場所に実験環境が整っているなんて最高だ。

（これは廃校舎に匹敵する快適さかもしれないわね）

その後、クロエはアルベルトとそれぞれの部屋を見て回りながら、改装する場所や購入する物を決めていくことにした。

薬屋部分については知識がないため、今のレイアウトをほとんど生かすことにして、二階部分については学園寮の家具やレイアウトを参考にする。

そして、大体のところを決めて店の外に出ると、外はすでに夕方の気配が漂い始めていた。

オレンジ色の夕日に照らされた白い石畳の上を、さっきまであまり見なかった冒険者らしき鎧を着た人々が明るく談笑しながら往来している。

少し埃（ほこり）っぽい乾いた空気を鼻から吸い込みながら、高鳴る胸を手で押さえながら、クロエは思った。なんだかとても楽しい生活が始まりそうな気がするわと。

彼女が道行く人々をながめていると、アルベルトが店舗の鍵を閉めながら尋ねた。

「そういえば、古代魔道具の貸し出しが契約条件になっていると聞いたのですが、ココさんは古代魔道具がお好きなのですか？」

「はい、三度の飯より古代魔道具です！」

夕日に照らされたクロエのキラキラした瞳を見て、アルベルトが、思わずといった風に目を見開く。そして軽く顔を伏せて片手で眼鏡を上げた後、すぐに元通り礼儀正しい微笑を浮かべた。

「そうですか。ではうちの街に来て正解ですね。うちのギルドは見本として地下洞窟（ダンジョン）から出るほとんどの種類の魔道具を保管していますから、きっと見応えがありますよ」

クロエは目を見開いた。これは想像以上に期待できそうだ。

その後、クロエはアルベルトとギルド長に誘われてレストランで会食をし、翌日から、彼らの全面バックアップのもと、住居環境の整備と開店準備に取り掛かった。

そして、一週間後。

彼女はサイファの街に『薬屋ココ』をオープンさせた。

薬師生活の滑り出しは、実に順調であった。

店の営業時間は、朝の九時から夕方の五時まで。

店に訪れる冒険者に作った薬を売り、たまに頼まれて街の人の病気の薬を調合する。

閉店後は、薬師ギルドからもらってきた『製薬大事典』を見ながら翌日売る薬を調合したあと、冒険者ギルドから特別に借り受けた古代魔道具の分析。

食事は基本的に屋台や店で買った出来合いのもので、気が向いたら隣の『虎の尾亭』に美味しいご飯を食べに行き、眠くなったら二階のベッドに入る。

実に自由でのんびりした生活だ。

加えて、クロエは店舗兼住居がとても気に入った。

白壁にレンガ色の瓦屋根の、まるでお伽噺(とぎばなし)に出てきそうな可愛らしい外観に、新しい木のカウンターが設置された店内。その奥にある大きな作業台が置かれた作業場。

二階は、ベッドやクローゼットなど最低限の家具が置かれているだけなので、掃除する手間もほとんど要らず、実に快適だ。

アルベルトが定期的に訪ねてきてサポートしてくれるため、特に困ったことも起こらないし、仕事も生活も平穏そのものだ。

(こうやって、のんびり生活するっていうのも悪くないわね)

しかし、一か月もしたころ、クロエは思い始めた。この生活、なんか効率悪くないかと。

　一か月も経つのに、ギルドから最初に借りた古代魔道具の分析が終わらないのだ。

　この調子だと、ギルドが所有する古代魔道具全てを分析するのに、二年以上かかってしまう。

（なにかしら、この効率の悪さ。一体なにがいけないのかしら）

　昼間誰もいない店内で、カウンターに頬杖をつきながら、頭の中で原因の分析を始める。

　そして、彼女はひらめいた。

（分かったわ、営業時間がいけないのよ）

　店の営業時間は、この国で一般的な朝九時から夕方五時にしている。

　しかし、メイン顧客である冒険者は日の出と共にダンジョンに向かい、夕方に街に帰ってくる。店に来るのは当然夕方で、夕方にやたら店が混むため、昼間は暇なくせに営業時間が伸びてしまうのだ。

　クロエは思った。ということは、日の出前、つまり六時前に店を開ければいいんだわ、と。

　この国で、最も早い時間に開店する薬屋の誕生である。

加えて彼女は思った。会計が結構面倒くさいわと。

（原因は、薬の値段ね）

一般的に薬の価格は毎日変わる。基本価格である「初級薬：銀貨一枚、中級薬：銀貨五枚、上級薬：金貨一枚」を基準に、出来栄えによって価格を上下させるのが通例だからだ。

しかし、彼女はこの常識をぶった切った。

（よく考えたら、別に上下させなくたっていいわよね）

そして、計算が楽な「初級薬：銀貨一枚、中級薬：銀貨五枚、上級薬：金貨一枚」を統一価格とし、これを据え置くことにした。

大陸初の、統一価格設定の薬屋の誕生である。

薬師ギルド長が聞いたらひっくり返りそうな前代未聞の店の誕生に、冒険者は歓迎の声を上げた。朝ダンジョンに行く前に薬が買える上に、超高品質な薬が驚きの一律料金。なんて素晴らしい薬屋なんだ！

しかし、問題が起こった。

「たくっ！　また閉まってやがるぜ！」

クロエは朝が超苦手だった。

しかも、古代魔道具の分析に夢中になって朝方まで起きていることも多く、開店時間の五時半に開いていたのは最初の三日だけ。というわけで、

「起きろ！　薬屋！　時間だ！」

世界唯一の、毎朝客に叩き起こされる薬屋の誕生である。

——とまあ、こんな感じで、国を出て三か月。

クロエは薬を作って売る時間以外は、寝食を忘れて古代魔道具の研究に没頭するという、コンスタンスが見たら卒倒しそうな不摂生な生活を送り。

サイファの街には、ほとんど閉まっているのに人気店という謎の薬屋が誕生したのであった。

# 【幕間②】騎士団本部にて

　クロエが隣国ルイーネ王国に旅立ってしばらく経った、若葉が春風に揺れる暖かい日のこと。

　ブライト王国の王宮に隣接している騎士団本部内にある練習場で、赤い髪をした長身の青年が額の汗をぬぐっていた。

（ふう、やはり書類仕事ばかりでは駄目だな、たまにはこうして体を動かさなくては）

　彼の名前はセドリック・ブライト。

　年齢はオスカーよりも四つ上の二十八歳。現国王の年の離れた弟で、現在の王位継承順位は二位。

　第一王子であるナロウ王子やその弟たちが王位継承権の発生する二十歳になるまで王宮にとどまり、その後は公爵の爵位をもらって地方を治めることになっている、典型的な王室の次男坊だ。

　本来は、もっと政治に近い職務に就く必要があるのだが、彼が「政治なんて肩が凝ることはしたくない」「数年後に引退することが決まっている人間が政治力を持つなど、火種にしかならない」と、それを嫌がり、政治から比較的遠い第一騎士団長の地位に就いている。

もともと気さくな性格も手伝って、騎士団では非常に上手くやっており、書類仕事の合間にこうして騎士訓練に交じって汗を流している。

今日もいつも通り、走り込みや木刀での打ち合いに取り組むセドリック。

しばらくして「そろそろ休むか」と、一休みがてら顔を洗おうと水場に行くと、そこには柄杓で水を飲んでいる友人であり副団長でもあるオスカーの姿があった。

「オスカー、調子はどうだ」

「悪くないな」

オスカーがどこか機嫌が良さそうに顔を上げると、無造作に濡れた銀髪を掻き上げる。

相変わらず嘘みたいに綺麗な男だなと思いながら、セドリックが訊ねた。

「どうした、何かいいことがあった、って顔しているな」

そして、ピンときて、彼はからかうような表情をした。

「さては、彼女のことだな」

「……っ」

「ははっ、お前、あの娘のことになると本当に分かりやすいよな」

無言で目を逸らすオスカーに、セドリックが陽気に笑う。

「で、何があったんだ？」

オスカーは少し躊躇ったあと、声を潜めた。

「……連絡があった」

「ほう！　元気なのか？」

「そのようだ」

「良かったじゃないか」

「ああ、本当に良かった」

オスカーが心からの安堵の表情を浮かべる。

そんな彼を見て、セドリックは思った。きっと彼女が王都に戻ってくるまで、こんな感じなんだろうなと。

二年ほど前のある日。

セドリックが騎士団内部にある執務室で書類仕事をしていると、オスカーが入ってきた。

その様子がいつもと違う気がして「何かあったのか」と問うと、「昨日面白い娘に会った」と返ってきたのだ。

セドリックは非常に驚いた。

オスカーとは幼少の頃から仲が良いが、女性の話題が出たことはない。

そもそもオスカーと言えば「女性嫌い」として有名で、言い寄ってくる女性たちに対して、礼儀正しく接しはするが、常に一線を引いており、近づくことも近づかせることもしない。

そんな彼が女性の話題とは、明日雪が降るんじゃないだろうか。

驚いて「それは誰だ」と尋ねると、「クロエ・マドネス子爵令嬢だ」と返ってきた。どうやら妹コンスタンスの同級生らしく、家にある古代魔道具を見にきたらしい。

それを聞いて、「あのちょっと変わっていると噂のマドネス家の才女か」と納得した。彼は普通の女の子よりも、ユニークな子が好きなのだなと。

それから、オスカーの態度が徐々に変わり始めた。

その娘が来る日は、早めに仕事を切り上げて家に帰るようになった。話題に彼女のことが上るようになり、笑うことが多くなった。

彼女が応援に来ると聞き、「下手な順位でなければいい」と言っていた武術大会で本気を出して、優勝に輝いた。

優勝が決まり、観客席にいる彼女に手を振るオスカーを見て、セドリックは思った。どうやら本格的に春が来たらしいと。いつも大切そうに持っているハンカチも、きっと彼女がくれたものだろう。

(あいつも可愛いところがあるじゃないか)

その後、断片的に聞いた話をつなげて推測するに、彼女は今まで魔道具一筋できたため、男性に慣れていないばかりか、ほとんど興味がなく。オスカーは彼女が興味を持ちそうな魔道具の展示会に誘ったり、妹と三人で食事をしたりと、まずは友人として信頼してもらえるように努力をしているようだった。

(ずいぶんと大切にしているな。一体どんな娘なんだろう)

そんなある日、いきなり騎士団本部にクロエ・マドネスが現れた。

(へえ、あれか)

セドリックは、彼女をまじまじと見た。

茶色の髪に、どこか達観した賢そうな赤い瞳。体つきは華奢で、貴族学園の制服をきっちりと着ている。

魔力量の多さから自分が王弟だということを見破り、それ以降も態度を変えることなく普通に受け答えをしてきた。

彼は感心した。ずいぶんと度胸が据わっているというか、気取っているところがない自然体な娘だなと。

（しかも、淡々とした雰囲気ではあるが、なかなか可愛らしい）

突然現れた可愛らしい女性に、熱い目を向ける男性騎士たち。

オスカーはそんな彼らを見て険しい表情をすると、独占するかのように彼女をどこかへ連れていってしまった。

はじめて見るオスカーの一面に、セドリックは驚いた。

（オスカーの奴、本気だ）

そして思った。これだけ好きなのだ、想いが叶うといいなと。

しかし、それからしばらくして。オスカーは、三日ほど休んだあと、沈んだ表情で騎士団本部に現れた。

どうしたんだと尋ねても、「まあ、色々あったんだ」と言葉少なげに濁すのみ。

その様子を見て、セドリックは察した。

あ、これはなんかダメだったやつだな、と。

そして、後日、彼女が王都を離れたらしいと知り、セドリックは激しく同情した。

オスカーはいつも通り振る舞っているが、これは相当辛いに違いない。

「元気出せよ、彼女のことは忘れて次に行った方がいいんじゃないか」

そう言って、誰か他に女の子を紹介しようとすると、真顔で「やめてくれ」と言われた。

(戻ってくるまで待つ気なんだろう。難儀なことだ)

そんなことを考えるセドリックをよそに、水で顔を洗うオスカー。彼女から連絡があったせいか、その顔はここ最近で一番穏やかだ。

セドリックはため息をついた。

(まあ、こういうのは本人が幸せならそれが一番だな。外野がとやかく言うことじゃない)

その後、二人は当たり障りのない会話を交わすと、それぞれ訓練へと戻っていった。

## 二．薬師ココ、犬を拾う

サイファの街に来て四か月目。

埃っぽい風が吹く初夏の午後。

クロエは薬屋の作業場で大きなエプロンをして黒い大鍋の前に立っていた。

今日は薬をまとめて作る日だ。

以前は毎日翌日に売る分を作っていたのだが、古代魔道具の分析に没頭しすぎて、夜中に「どうしよう！　もうこんな時間！」となりがちなため、今は五日分くらいをまとめて作っている。

大きな布袋に入っている薬草を升で量りながら鍋の中に入れる。

金属製の大きなヘラを両手で持って魔力を流すと、ヘラが鈍く光る。そのヘラで鍋を掻き回すと、中の薬草がゆっくりと溶け始めた。

そのまま混ぜていくと、薬草が、とろりとした液体になる。

（うん、いい感じ）

彼女は息をつくと、ヘラで液体をかき混ぜながら魔力を強く流し始めた。液体がまばゆく発光する。

そして腕が少しだるくなってきたころ、どろりとした液体がサラサラな状態になった。

（できたわね）

疲れたわと首を軽く回してほぐすと、漏斗を使って出来上がった薬を次々とガラス瓶に入れていく。それらに栓をして木箱に詰めると、クロエは、ふうと息を吐いて額の汗をぬぐった。

（これで五日分の回復薬が完成ね）

あとは解毒薬ねと棚に目をやって、彼女はふと解毒薬用の薬瓶がなくなっていることに気がついた。

（……そういえば、なくなっていたわね）

冒険者ギルドでもらってくるのを忘れていたわと思いながら、彼女はチラリと作業机の上を見た。作業机の上には分解しかけの古代魔道具が置いてある。

思わず吸い込まれそうになりつつも、彼女は慌てて首をブンブンと振った。

（ダメよ、ちゃんとやること終わらせてからにしないと）

古代魔道具から目を逸らして、ため息をつく。

そして、おもむろにエプロンを外すと裏庭に出て、木戸を開けて狭い路地に出ようとした、そのとき。

「あら?」

彼女は、路地の隅に一匹の犬が寝そべっているのを見つけた。

(こんなところに犬なんて、初めて見たわ)

クロエは少し離れたところにしゃがみ込んで犬をながめた。

実は彼女、割と犬が好きである。

七歳のときに起こした「ぬいぐるみ騒動」の際に、よりリアルな動きを追求するために近所の犬を観察したことがあるからだ。四つ足歩行について理解を深められたのは犬のお陰と言っても過言ではない。

目の前にいる犬は、赤っぽい首輪をした中型犬で、色は茶色で毛が長く、耳がぺたんと垂れている。

クロエの視線に気がついたのか、薄目を開けて彼女をチラリと見るが、興味がなさそうに目を閉じる。

昼寝かしらと思いながらクロエは立ち上がった。今日は暑いから涼しい路地裏で寝ているのかもしれないと考える。

そして、犬に「じゃあね」と手を振ると、木戸の鍵をかけて、「暑いわねえ」とジリジリと照り付ける太陽の下を歩き始めた。

生まれ育ったブライト王国より南にあるせいか、まだ春が終わったばかりだというのに真夏のような暑さを感じる。

(今からこんなに暑いんじゃ、これから一体どうなるのかしら)

そして、路地を出て大通りを歩くこと、しばし。

彼女は冒険者ギルドに到着した。

ひんやりとした屋内に入ってハンカチで汗をぬぐっていると、奥から笑顔のアルベルトが現れた。

「いらっしゃい、ココさん。次の古代魔道具ですか？」

「いえ、今日は解毒薬の瓶がなくなったんで、取りにきました」

「わかりました。取ってきますので、お掛けになってお待ちください」

クロエはフロアに並べられている長机の前に座ると、頬杖をついて周囲を見回した。

夕方前なこともあって閑散としている。

ぼんやりと窓から空をながめていると、ガラガラと音がして、アルベルトが薬瓶入りの箱を積んだ台車を押しながら現れた。

「お待たせしました。本部から届いた分を全部持ってきました」

「ありがとうございます、台車、借りられますか」

「私がお店までお持ちしますよ」と笑顔で申し出てくれるアルベルト。

「ありがとうございます」と言いかけて、クロエは、ふと彼の顔が疲れていることに気がついた。

「アルベルトさん、なんだか疲れていませんか？」

「ええ、まあ、色々ありまして」

アルベルトは苦笑すると、「さあ行きましょう」と台車を押しながらクロエと共に外に出た。

太陽が照りつけるなか、大通りを歩きながらアルベルトが口を開いた。

「暑くなってきましたが、体調は大丈夫ですか」

「はい、大丈夫です。でも、最近水の消費が多くなってきました」

「このくらいの時期からは瓶に入った天然水を常備した方がいいですよ。よければ店に寄って買っていきましょうか」

「いいんですか？」

「ええ、ついでに夏に向けた買い物もしていきましょう」

アルベルトとは、かなり親しくなった。

ギルド長が最初に言った通り、彼はとても優秀で、開業する時はもちろん、その後も経営に明るくないクロエを何かと支えてくれた。

また、真面目でとても面倒見がよく、ここでの生活に不慣れなクロエをあれやこれやと気遣ってくれた。

(この人が担当になってくれて良かったわ)

その後、二人は道具屋に寄って、瓶に入っている水や、日差しを遮る効果の高い布を買って薬屋に向かった。

歩きながら、最近の天気や街の様子など、世間話に花を咲かせる。

そして薬屋に到着し、裏門から入ろうと路地裏に入り、クロエはまだ犬が寝ているのを見つけた。

突然立ち止まったクロエに、アルベルトが後ろから不思議そうに声をかけた。

「どうしたんですか」

「いえ、犬がいて」

アルベルトがクロエの上から路地を覗き込んだ。

「本当ですね、知っている犬ですか？」

「知らない犬です。店を出るときもあそこにいたので、ちょっと気になって」

そんな会話をしながらクロエが裏門を開けていると、犬がつと立ち上がった。ゆっくりと近づいてくると、クンクンと哀れっぽく鼻を鳴らしながら台車の上に置いてある水の瓶のにおいをかぎ始める。

二人は顔を見合わせた。

「もしかして、喉が渇いているのでしょうか」

「そうかもしれませんね」

犬の切羽詰まった様子を見て、クロエは犬を裏庭に入れた。

作業場から水を入れた平皿を持ってきて地面に置くと、犬は夢中で水を飲み始める。

「どうやら喉が渇いていたみたいですね」

「そうみたいですね。荷物、作業場の隅に積んでおきますけど、いいですか？」

「はい。お願いします」

アルベルトが作業場に薬瓶を運び込んでくれている間、クロエは犬のそばにしゃがみ込んだ。

（ずいぶんと痩せているわね）

汚れた感じの茶色い毛の中に赤い紐のような首輪が見えるが、特にプレートのようなものはついていない。

賢そうな感じのする犬で、飲み終わったお皿を前足でカタカタ鳴らしてつぶらな瞳でクロエを見上げる。

（ふうん、やるわね、この犬）

そしてもう一杯追加で水をあげて、犬が水を飲む様子をながめながら、舌で水を効率よく飲む仕組みについて考えていると、「運び終えました」と作業場からアルベルトが出てきた。

「ありがとうございます」と立ち上がると、彼女は水を飲んでいる犬をながめながら尋ねた。

「首輪のついている犬を見つけた場合ってどうするのですか」

「見つけた人が預かって衛兵詰め所に届けを出すか、あとは詰め所に直接連れて行くのが一般的ですかね。詰め所の方で保護してくれて、飼い主が名乗り出てくれれば返却して終わり、出てこない場合は捨て犬ということになります」

「そうですか」とつぶやくクロエ。一生懸命水を飲む犬を見ながら、詰め所に連れていくより、ここで預かった方が良いような気がすると何となく考える。

「分かりました。うちでしばらく預かってみようと思います」

「大丈夫ですか」

「はい、近所で犬を飼っていたので、犬の動きとかは何となく分かりますし」

犬の動きが分かるって何だろう、と言いたげな表情をしながら、アルベルトがうなずいた。

「分かりました。では、私が帰りに衛兵詰め所に寄って、ココさんが茶色い犬を拾ったことを伝えておきます。——それと、ここだけの話なのですが」

アルベルトが声のトーンを落とした。

「隣街で未知の病気が見つかったかもしれないんです」

「未知の病気？」

彼の話によると、地下洞窟（ダンジョン）では稀（まれ）に未知の病原菌が見つかることがあるらしく、前回は五年前で、体中に蕁麻疹（じんましん）が出るというものだったらしい。

「前回は命に別条がないものだったから良かったのですが、十五年前のものは人が多く亡くなる伝染病だったと聞いています」

クロエは眉をひそめた。前世で未知の伝染病が流行（はや）り大変なことになったのを思い出す。アルベルトの話だと、まだ「未知の病気である」と決まったわけではないらしいが、油断はできない。

「その病気は、どのような症状が出るのですか」

「高熱が出て風邪と似たような症状が出て、体中が真っ赤になるそうです」

彼曰く、隣街で二つのパーティが感染しており、彼らを隔離しつつ感染源と思われる地下洞窟(ダンジョン)を封鎖したり、他の街でも冒険者の健康チェックを行っているらしい。

「ですので、もしも高熱の客が来たら、冒険者ギルドに行くようにと伝えてください。こちらで対処しますので」

「分かりました」と答えながらクロエは納得した。道理でアルベルトが疲れた顔をしているはずだ。

彼女はポケットから、先ほど道具屋で買った最近お気に入りの飴玉(あめだま)を取り出した。

「これどうぞ」

「いいんですか」

「はい。疲れたときには甘い物がいいって友達が言っていました。食べて元気になってください」

アルベルトは照れたように片手で眼鏡を上げると、嬉しそうに飴玉を受け取った。

「ありがとうございます。大切にいただきます」

アルベルトが立ち去った後、クロエは再びしゃがみ込んで犬の顔を覗き込んだ。

犬は気が済むまで水を飲んだせいか、満足げな顔をしている。しつけが良いのか、吠えたり動き回ったりせず大人しく座っている。

クロエは考え込んだ。なんとなく勢いで犬を拾ったが、これからどうするべきだろうか。

(まずはご飯かしらね)

作業場に戻って、昼食べた肉の残りを持ってくると、お皿の上に置いて「どうぞ」と犬の前に置く。

喜んで食べると思いきや、犬は興味がなさそうにチラリと肉を見ると、水が入っていたお皿に前足をかけてカタカタと鳴らし始めた。

(え、もっと水が欲しいってこと？)

もう十分飲んだと思うんだけどと思いながら水を入れてやると、嬉しそうに飲み始める。

その姿をながめながらクロエは思案に暮れた。もしかして水が好きな犬なのかもしれない。

(まあ、犬とはいえ、食べ物の好みは無理強いできないわよね)

その後、クロエは軒先に古いクッションとタオルを持ってくると、大きな木箱の中にそれらを入れて簡易の寝床を作製。

「お腹が空いたら食べるのよ」と言って食べ物と水が入った皿をその前に置くと、残りの薬を作るべく作業場へと戻っていった。

一方その頃。

薬屋の斜め向かいにある衛兵詰め所に「薬屋ココが赤っぽい首輪をつけた茶色の犬を拾いました」と届け終わったアルベルトが、深刻な顔で大通りを歩いていた。

最近彼には人には言えない悩みがあった。

どういうわけか、薬師ココが気になって仕方がないのだ。

その前兆が現れたのは、ココがこの街に来た初日。

夕日の中で「魔道具が三度の飯より大好きだ」と宣言する彼のキラキラした瞳と整った顔立ちに釘付け（くぎづ）けになった。

そして、その翌日。ギルド内部にある古代魔道具の保管庫に入ったココが「すごい、すごすぎる！」と目を輝かせるのを見て、彼は思った。「なんか可愛いな」と。

（いやいや、男に対して可愛いはないだろう）

その時は、心の中でそう突っ込みを入れて終わったのだが、同じようなことが二回三回と続き、彼はとうとう真剣に悩み始めた。

（……もしかして、自分はココさんをそういう目で見ているのか？）

確かにココは美少年だ。肌も綺麗だし、女装したらさぞかし可愛らしいだろうと思う。

でも、幾ら顔が好みで表情や仕草が可愛くても、彼は男だ。

「これは気の迷いだ。疲れているに違いない」

何度もそう自分に言い聞かせてはいるものの、ココがギルドに来るとこれ以上ないほど嬉しいし、さっきもらった飴なんて宝物のように思えてしまっている。

考えれば考えるほど深みにはまる気がして、アルベルトは歩きながら頭をブンブンと振った。

早足で冒険者ギルドに戻り、思い切り仕事をしてこの煩悩を忘れ去ろうと、混み始めたフロアを横切り奥に入る。

そして自分の机に座って、さあ仕事をしようとした、そのとき。

「ちょっといいかね」とギルド長が話しかけてきた。

「はい、なんでしょう」

ギルド長が険しい顔で声を潜めた。

「……とうとう我が街にも例の病気の患者が出た」

アルベルトは目を見開いた。遅かれ早かれ患者が出ると思ってはいたが、思っていた以上に早い。

「……状態は」

「隣街と同じだ。高熱が出て風邪と似たような症状が出て体中が真っ赤になっているようだ。現在北のギルド本部跡地に隔離している」

「我々はこれからどうするんですか」

「まずは、彼らから行動経路を聞き出して、その地下洞窟（ダンジョン）に潜った冒険者の洗い出しと、症状の有無の確認だな。並行して高熱が出た者がいないかチェックしていく」

あとでココに伝えに行かなければと思いながら、アルベルトは厳しい顔でうなずいた。

「分かりました。すぐに取り掛かります」

犬を拾った翌日、雲一つない青空が広がるお昼過ぎ。

服の袖を捲り上げたクロエが、裏庭の井戸の横で犬を洗っていた。

なぜ彼女が犬を洗っているかというと、朝の光で見た犬がとても汚れていることに気がついたからだ。

大人しいから家に入れてあげようかと思ったのだが、これでは家が汚れてしまう。

というわけで、井戸の水と自分用のシャンプーを使ってゴシゴシと洗っているわけだが、

(これは相当汚れているわね、シャンプーが全く泡立たない)

予想以上の汚れに大苦戦。

犬の方は洗われることに慣れているらしく、水を汲んだりタライでシャンプーを泡立てたり奮闘しているクロエの横で、指示に従って首を上げたり立ち上がったりと非常に協力的だ。

そしてシャンプーをボトル一本使い切った頃、昨日の艶のない茶色い犬から一転、

そこには白と茶色のまだらの犬が立っていた。つぶらな瞳でクロエをジッと見ている。

（まあ！　もとはこんな色だったのね）

綺麗になった犬にえも言われぬ達成感を覚えながら、クロエはしゃがみ込んで犬の前に手を差し出した。

「お手！」

しばしの沈黙のあと、犬が面倒くさそうに前足をクロエの手に置く。

「おかわり！」

そうくると思いましたよと言いたげな犬が、だるそうに逆の前足をクロエの手に置く。

おお、とクロエは思った。近所の犬ができたからやってみたが、まさか本当にできるとは思わなかった。

（これは相当しつけられた犬なんじゃないかしら）

近いうちに飼い主が名乗り出てきそうな気がするわねと思いながら立ち上がると、水の入った皿と犬のエサが入った皿を犬の前に置いた。

「食べていいわよ」

ちなみに犬のエサは、今朝街の道具屋で買ってきたものだ。

昨日出した肉を食べないので、犬を飼っている道具屋のお姉さんに相談したところ、代わりに勧められたのが、犬が大好きだという粗めのペースト。確かにこれなら食べやすそうだと買ってきて早速出してみたのだが……。

「ううん、食べないわね……。もしかして体調が悪いのかしら」

熱があるのかしらと水を飲む犬の額に手を当ててみるが、そもそも犬の体温など分からない。

見つめながら「体調悪い？」と尋ねてみても、つぶらな瞳で見返されるのみ。当たり前だが答えは返ってこない。

ふうむ、と腕を組んで悩むクロエ。言葉が通じないというのは実に不便だ。

そして、とりあえず外はこれから暑くなるから家に入れてあげようと、濡れたおしぼりで肉球を拭いていたそのとき。

彼女は後ろ足の肉球が紫色になっていることに気がついた。

「もしかして、怪我？」

そっと左右の肉球を押し比べてみるが、どちらもぷにぷにしていて触り心地に変わりはない。

犬もちょっと嫌そうな顔をするくらいで、痛そうな素振りはない。

「……これって、もしかして毒なんじゃないかしら」

前世にこういう症状の出る毒を見たことがある気がするわ、と考える。

水の飲み方を見ていても何となく食い意地が張ってそうな犬だ。もしかすると毒草などをうっかり食べてしまったのかもしれない。

(とりあえず、解毒薬を飲ませてみましょう)

店にあるのは人間用だが、犬にも効くはずだ。

しかし、この薬を飲ませるという行為が難航を極めた。

当然瓶のままでは飲まないし、水に混ぜても飲まない。甘くしても効果がなく、最後は再び道具屋のお姉さんに教わって、細長い筒状の木を使って薬を直接口の奥に流し込むという強硬手段に出た。

これにはさすがに犬も抵抗して逃げ回ったため、飲ませ終わったときは、クロエはクタクタの状態であった。

(くっ、追いかけっことなると二本足は四本足には敵わないのね)

その後、様子を見るものの状況は改善されず、夕方には両足の肉球が紫色になっていた。まさかの悪化である。

ひたすら水を飲む犬の頭を撫でながら、クロエは考えた。これは恐らく薬が合わないのだろうと。

(この時代の解毒薬って大雑把だものね)

前世では毒成分を分析し、その毒に合う薬が作られていたので、解毒薬は種類がたくさんあった。

しかし、今世は複数種類の薬を一本に入れた「解毒薬」として出回っており、一本で効かなければ二本飲め、という考えだ。

(毒の種類が分からなくても効くし、一種類持ち歩けば済むから楽なんだけど、効きが悪いのよね。あと希少な毒には効果がない)

この犬の解毒をするならば、思い当たる薬を一種類ずつ実際に飲ませて試していくことになるのだが。

(それはなるべくなら避けたいわ)

ただでさえ痩せて元気がないのに、毎日まずい薬を飲ませられた上にご飯が食べられないなんて、しんどすぎるし、飲ませる方も大変だ。

(これは魔道具の出番ね)

要は犬の体内にある毒の種類を調べる魔道具を作ればいいのだ。

前世で医療用魔道具は専門外だったが、きっとなんとかなるだろう。

ランズ会長は目立つから魔道具開発はやめておけと言っていたが、犬に使うだけならば問題ないはずだ。

クロエは、久々の魔道具開発だわ！　とワクワクしながら急ぎ足で作業場に戻った。

作業机の上に広げてある古代魔道具を丁寧に箱の中に入れて横に置くと、引き出しから箱を一つ出してくる。中にはトウモロコシの粒ほどの大きさの白い石が十個ほど入っている。空の魔石だ。

ちなみに彼女が作ろうとしているのは、簡易成分分析の魔道具だ。

空の魔石に薬草の効果を付与し、その薬草が効果を発揮する毒物に反応するよう加工する。こうした魔石を複数作れば、どの薬が効く毒かが分かる、というわけだ。

作るのは少々大変だが、犬に無理矢理薬を飲ませて反応を見るよりは早いし、犬にとっても負荷が少ない。

今世の魔道具知識から考えると明らかにオーバーテクノロジーだが、外に出さなければ問題ない。

「よし、やるわよ」

クロエはそうつぶやくと、開発に没頭し始めた。

その日の夕方。クロエは冒険者ギルドを訪れていた。

「ココさん、こんにちは」

クロエが来たことを知らされたらしいアルベルトが、奥から嬉しそうな顔で出てくる。

「今日はどうされました」

「小さい空の魔石を買いたいんですけど、ありますか？」

「はい、あります」

アルベルトが、奥から小さいサイズの白い魔石が入った箱を持ってくる。クロエはその中からトウモロコシの粒ほどの大きさのものを十個選んだ。

「いくらですか」

「金貨十枚になります」

この国は魔石が安いのねと思いながらお金を払うクロエ。そしてアルベルトが袋に入れてくれている間、フロア内を見回した。

いつもはのんびり座っている受付の女性たちが、紙とペンを持って冒険者の間を忙しそうに歩き回っている。

「なんだか慌ただしい感じですね。例の件ですか」

「はい。サイファでも昨日から患者が立て続けに出ている状態です」

アルベルトが紙袋に封をしながら声を潜める。

「今はどんな感じなんですか」

「幸い死者は出ていないので、患者は隔離して様子見をしている状態です。来週には王都から人が来て今後について話し合うことになっています」

彼の話では、回復した者は数名いるが、ほとんどの者は回復の兆しすら見えず寝込んでいる状態らしい。

約一週間前に別の街で患者が出てから、ギルド職員も休む暇がなく、アルベルト自身も家にほとんど帰れていないとのことだった。

クロエは同情の眼差し(まなざ)で彼を見た。優秀な彼がこんなに疲れるなんてよほどのことだ。そして、ポケットから最近頻繁に通っている道具屋で買った飴玉を取り出した。

「これ、どうぞ。ザクロ味です」

アルベルトは目を見開くと、嬉しそうに笑った。

「ありがとうございます。大切に食べます」

飴玉一つでこんなに喜ぶなんて本気で疲れているんだわと思いながら、魔石の入った袋を持ってカウンターを離れるクロエ。見送ってくれるアルベルトに手を振ってギルド建物を出る。

　そして、その夜。

「できた……」

　彼女は出来上がった『成分分析の魔道具』の前で大きく伸びをした。ずっと同じ姿勢で作業していたので肩と首が痛い。

　彼女は作業机の上のランプを近づけると、まじまじと完成したての魔道具を見た。

（かなりいい出来だわ）

　手の平ほどの大きさの薄い金属板の上に、色とりどりの薬の効果を付与した魔石が二十個ほど埋め込まれている。その上に液体を垂らすと、薬効が出る成分が含まれていれば光る仕組みだ。

「こんばんは、はじめまして。これからよろしくね」

　優しく撫でながら魔道具にそう声をかけると、クロエは作業場の奥の扉を開けて外に出た。

　裏庭は月に照らされており、芝生が白く光っている。

　軒下に置いてある大きめの箱を覗き込むと、中では犬が静かに眠っていた。

このまま寝かせてあげようかなと思いつつも、魔道具の使用を待ちきれず。

「ごめん、起きて。ちょっとこれ舐めて」

クロエは犬を起こして金属板を舐めてもらうなど試行錯誤し、無事に効く薬をつきとめることに成功した。

分析結果をもとに調合した薬を飲んで、犬はどんどん元気になっていった。

ぺたっと垂れていた耳もピンと立ち、ハッハッハと楽しそうに裏庭を探検するようになった。ご飯も食べるようになり、心なしか毛艶も良くなり、更にふわふわ感が増した気がする。おやつが大好きでちょっと意地汚いところはあるが、それも含めてとても可愛い。

クロエは感心した。もともとつぶらな瞳が愛らしかったが、まさかここまで可愛い犬だとは思わなかった。

（よほど体調が悪かったのね）

庭の軒下に置いてある椅子に座って、犬が庭の隅で楽しそうに骨をガジガジとかじっているのをながめながら、彼女は思った。

拾ってもう五日も経つし、衛兵詰め所にも迷い犬の届け出はないらしいから、そろそろうちの犬ということにしても良いのではないだろうか。

生き物を飼うには責任が伴う。いらないからポイというわけにもいかない。

でも、この五日間、古代魔道具を横に置いて看病してきたことにより情も湧いた。今更この可愛い犬をどこかにやる気にはなれない。ここは覚悟を決めて最後まで面倒を見ることにしよう。

(となると、名前ね。呼ぶ機会が増えて不便になってきたところだし、まずは名前をつけましょう)

クロエは、むむむと唸りながら犬をながめた。

白と茶色の毛並みがどことなく品が良さげだわと考える。

そして熟考の末、彼女は決めた。

「オスカーがいいわ、オスカーにしましょう」

由来はもちろんコンスタンスの兄であるオスカー。毛並みの良さに何となく彼を思い出したのだ。

オスカー様の名前をもらったらきっと上品で強い犬になるわねと思いながら、クロエはおやつのお代わりをねだりにきた犬を笑顔で撫でた。

「オスカー、今日からよろしくね」

オスカーはキラキラした目で「わん」となくと、おやつの入った袋をチラ見しながら尻尾を振った。

その日の夜。

クロエは上着を羽織ると、オスカーに「ちょっと出掛けてくるね」と断って裏門から路地に出た。

心地よい宵の風を頬で感じながら、空の低い位置に浮かぶ半透明の月をながめて歩く。

そして、大通りに出ると、隣にある『虎の尾亭』の重い扉を開いた。

カランカランとドアベルが鳴り、オレンジ色の柔らかい光がドアの隙間から漏れ出る。

中に入ると、暖かい光が満ちた店内では二十人ほどの冒険者たちがにぎやかに飲食をしていた。

(今日も盛況ね)

クロエを見て「よう！　薬屋！」「明日は寝坊するなよ！」と声をかけてくる酔っ払いたちに軽く手を振りながら、店の奥にあるカウンターに座ると、オレンジ色の髪の毛をツインテールにした看板娘チェルシーが、お盆を持ってパタパタと近づいてきた。

「いらっしゃい、ココさん、久しぶりね！」

「うん、ここ数日家を離れられなくてね」

「そうなのね、今日は何にする？」

「いつものやつで」

「マスター！　ココさんに日替わり定食一つ！」

厨房（ちゅうぼう）に向かって明るく声を張り上げると、ニコニコ笑いながら手を振って別のテーブルに走るチェルシー。

　クロエはカウンターに頬杖をついて、奥にある酒瓶が並ぶ棚をながめた。

　後ろから聞こえる大きな笑い声を聞きながら、「相変わらず見たことのない種類のお酒がたくさん並んでいるわね」とか、「全種類飲んだ人いるのかしら」など、ぼんやり考える。

　しばらくして、厨房から元有名冒険者だったというガタイのいい店のマスターが出てきて、彼女の目の前に定食の載ったお盆を置いた。

「日替わりだ」

クロエは、「ありがとう」と言いながら、嬉しそうに料理を覗き込んだ。

今日のメニューは、牛肉のミニステーキと、チーズがたっぷりのったオムライス。熱した石のプレートの上でジュウジュウと音を立てている。

「今日も美味しそう！　いただきます！」

はふはふと料理を頬張りながら、クロエはうっとりした。卵のふわふわ具合もたまらないし、ステーキの焼き加減なんて異次元の素晴らしさだ。

「ああ、至福……」

クロエの幸せそうな顔をながめながら、「熱いから気をつけろよ」とマスターが機嫌良さそうな顔でグラスを磨き始める。

手が空いたらしいチェルシーが、「これおまけよ～」とグラスに入ったワインを持ってきてくれる。そしてカウンター越しに座ると、ニコニコしながら口を開いた。

「ココさん、いい顔をしていますね。いい古代魔道具でも手に入ったんですか？」

「実は、犬を飼うことにしたんだ」

「え、犬ですか」と、チェルシーが意外そうな顔をする。「てっきりココさんは動物とかに興味がない人だと思っていました」

「いや、動きとか割と興味あるよ」

クロエの発言を冗談だと受け取ってチェルシーが「もう、なに言っているんですか」と笑う。グラスを磨きながら二人の話を聞いていたマスターが口を開いた。

「俺も昔犬を飼っていたな」

「そうなんですか」

「ああ、犬はああ見えて強いし、鼻も効く。地下洞窟(ダンジョン)内の索敵や戦闘補助にはうってつけなんだ」

「そうね、冒険者でも犬を連れている人をたまに見るわね」

二人の話を聞きながら、もしかしてオスカーは引退した冒険者に捨てられた犬なのかなと思うクロエ。

その後、彼女は犬に関する情報を幾つか仕入れると、満足げに薬屋へと戻っていった。

一方その頃。

サイファのギルド本部の会議室では、夜だというのに緊急の打ち合わせが行われていた。

出席者はサイファの冒険者ギルド長とアルベルト、および王都から来た医師と薬師、ギルド本部職員。皆一様に深刻な顔をしている。

チョビ髭の医師が口を開いた。

「サイファでの感染者十二名のうち、回復したのは二名。残りは高熱で苦しんでいる状態です。新たに加わった三人も熱が上がり続けています」

「彼らの共通点はないのか」

「回復した二名と新たに加わった三人に対してヒアリングしたのですが、行った場所も食事もバラバラでして、共通点が見つからない状態です」

アルベルトの言葉に、一同が深刻な顔をする。

このまま発生源が分からない状態で患者が増え続ければ、地下洞窟（ダンジョン）の全面封鎖になりかねない。そして発生源の解明か特効薬の開発ができなければ、その封鎖はずっと続くことになる。

これは地下洞窟（ダンジョン）からの資源で潤っているルイーネ王国としては非常にまずい状態だ。

サイファのギルド長が重々しく口を開いた。

「とにかく調査を続けよう。来週になれば本部から役員が来る。それまでに何かしら摑むよう努力するしかない」

参加者たちが再び議論を始めるなか、アルベルトはポケットにそっと手を入れた。取り出したのはザクロ味の飴玉。

彼はそれをジッと見つめたあと、ため息をつきながら議論へと戻っていった。

犬との生活を始めて、約二週間後。

太陽が雲に覆われている少し涼しい午後。

石畳の上を、帽子を被ったクロエが犬と一緒に楽しそうに歩いていた。手にはリードを持っている。

「今日は涼しくて快適だね、オスカー」

「わんっ」

るんるんと楽しそうに歩く犬を見下ろしながら、クロエは軽く口角を上げた。

前世と合わせて初の犬と共に暮らす生活は、思いの外楽しいものだった。

オスカーは思った以上に賢い犬で、クロエが古代魔道具の分析に夢中になっているときは決して邪魔せず大人しくしていてくれた。

毎日の散歩も楽しいし、おやつを巡っての駆け引きも楽しい。

彼女は完全に犬のいる生活にはまっていた。

(前の飼い主はなぜこんな可愛い犬を手放したのかしら)

そんなことを考えながら城門をくぐり抜け、街のすぐ近くにある湖に向かう。

この湖の周囲は木が多く生えているため日陰が多く、暑い中でも比較的涼しく散歩ができるのではないかと考えたからだ。

そして湖のほとりに到着し、クロエは軽く目を見開いた。

「地割れしているわ」

あちこちに地割れしている箇所があるのだ。二か月前にアルベルトに連れられてきたときよりも、心なしか湖が小さくなっている気がする。

(最近雨が降っていないせいかしら)

そういえば最後にまとまった雨が降ったのはオスカーが来る前だったかもしれないと思いながら、湖の周囲をオスカーと共にぐるりと回る。

そして「おやつでも食べましょう」と木陰のベンチに腰掛けると、クロエは鞄から小さなおやつを取り出した。

「オスカー、お手」

おやつを右手に持って左手を差し出すと、オスカーが急いで前足をその手に乗せる。その後すぐに逆の前足を乗せて伏せをしたあとにぐるりと回った。これから言われることを予測して全て済ませる。

「オスカーは賢いわねえ」

半ば感心しながらおやつをあげて、自身は鞄から水筒を取り出すと、木漏れ日をながめながらのんびりとお茶を飲み始めた。

運動をしたせいか、お茶がいつもより美味しく感じる。

(こういう生活も悪くないわね)

そして、さて帰ろうとベンチを立とうとした、そのとき。

「トビー!」

突然若い男性の大声が聞こえてきた。

オスカーがピクリと耳を立てて周囲を見回し、「わんわん!」と嬉しそうに吠える。

その視線の先を見ると、そこには茶色いコートにフードを被った大柄な男性が立っていた。

オスカーがリードを引きずりながら夢中で男性の元へと駆け寄った。

「トビー！　お前無事だったんだな！」

「わんわん！」

ぴょんぴょん跳ねて喜ぶオスカー。

（あれは、誰……？）

クロエはベンチから立ち上がると、男性をながめた。

オスカーが千切れんばかりに尻尾を振りながら飛びつく様子を見て、もしかして、あの男性が本当の飼い主なのではないかと思い当たる。

（……そっか、あの人が飼い主なのね……）

クロエの目に涙が浮かんだ。飼い主が見つかって良かったねという思いと同時に、お別れしなきゃいけない寂しさがこみ上げてくる。

（……でも、まあ、仕方ないわよね）

きっとオスカーも、元の飼い主のところに戻った方が幸せよ。

クロエは自分にそう言い聞かせると、懸命に涙を引っ込めて、再会を楽しむ一人と一匹に歩み寄った。

「こんにちは、この犬の飼い主さんですか」

「ええ、そうです」と顔を隠すようにフードを引っ張りながら、青年が答える。

彼の話によると、彼は冒険者で、この街に来てすぐに体調を崩してしまったらしい。体調を崩している間は連れていた犬にまで手が回らず、今朝になってようやく動けるようになったため、あちこちを捜し回っていたらしい。

「こいつのこと面倒見てくれて、マジでありがとうございました」

青年が犬に飛びつかれながら嬉しそうにお礼を言う。

クロエは「いえいえ」と言いながら顔を伏せた。感じたことのない複雑な感情に心が揺れる。

そして、居たたまれなくなり「僕はこれで」と踵を返して帰ろうとした、そのとき。

オスカーが、青年の着ていたコートを思い切り引っ張った。

フードが落ちて青年の顔があらわになる。

「あれ？」とクロエは目を見開いた。顔の半分が紫色になっている。

もしかしてオスカーと同じ毒を飲んでしまったのかしらと考えていると、男性が慌てて手で顔を覆い、しどろもどろに言い訳を始めた。

「こ、これは、もう症状がないんで、歩き回れるようになったからで、人気のない場所を選んで通ってきているし……」

　この人何を言っているのかしらと思いながら、クロエが口を開いた。

「その紫、オスカー……、じゃなくて、この犬と同じ症状ですね」

「え？」

「二人で毒草でも食べたんですかね。もしかして薬がないんですか？」

「え、あ、ああ」

　目を白黒させる青年に三十分ほど待っているように伝えると、クロエは急いで店に戻った。

　オスカーに飲ませた解毒薬の残りを、空いていた瓶に小分けにして栓をすると、湖に向かって走る。

　そして、青年と犬が遊んでいるところに、肩で息を切らせながら駆け寄った。

「お待たせしました。これ薬です」

「……薬」

「犬の三倍量飲めば足りると思うんで、一回につき瓶の半分量を飲んでください。多分即効性があると思います。食欲は？」

「え、ああ、ちょっと前までなかったが、今はマシになってる」

「じゃあ、紫色が消えるまで、毎食後に飲んでください」

ポカンとした顔で突っ立っている青年に小瓶五本を押し付け、「じゃあ、僕はこれで」とお辞儀をする。

そして、尻尾を嬉しそうに振るオスカーの頭を「元気でね」と撫でると、「やっぱり身軽が一番よ」と目を潤ませてつぶやきながら早足で街へと戻っていった。

その日の深夜。

冒険者ギルドでは何度目かになる緊急会議が開かれていた。

議題は未知の病について。

サイファの街で更に十六人の患者が現れたのだ。

原因はまだ掴めておらず、日に日に増える病人を目の前に、冒険者ギルドは地下洞窟(ダンジョン)の全面封鎖寸前まで追い詰められていた。

本部ギルドから来た男性が焦りの色を浮かべながら医師たちに尋ねた。

「原因はまだ分からないのですか」

「残念ながら」

「薬の方はどうなのですか」

サイファの冒険者ギルド長の問いに、王都から来た女性薬師が首を横に振った。

「症状を若干軽くする薬は見つかりましたが、特効薬と呼ぶには程遠い状況です」

白衣を着た看護師がイライラしたように口を開いた。

「そもそも患者のマナーが悪すぎる。少し良くなったらすぐに外に出ようとする。今日なんぞ熱がようやく下がった者が勝手に外出して大騒ぎです。しかも、こともあろうに犬を連れて戻ってきました」

アルベルトが「犬」という単語にピクリと反応した。

「失礼ですが、どんな犬ですか？　まさか茶色ですか？」

「いや、茶色と白のまだらな犬だ」

「……そうですか」と、ホッとした表情をするアルベルトをよそに、他の参加者たちがブツクサ言い始めた。

「なんと。治らないのはそうしたことも関係しているのではないか」

「病状が出ている者の九割が高熱で寝込んでいる状態だ。出歩く云々（うんぬん）は関係ない」

「いや、出歩いている者が菌をまき散らす可能性もゼロではないだろう」

会議の場が紛糾しそうになり、サイファの冒険者ギルド長が声を上げた。

「とにかく、今は我々にできることをするしかない。明日会長がお見えになる。そのときに決断できるだけの資料を整えるぞ」

重々しくうなずく参加者たち。最後の仕上げをすべく、仕事へと戻っていった。

翌日の午後。

雲一つない青空が広がる晴天の下、クロエは薬を買いにきた母親と幼い娘を見送っていた。

「薬屋のお兄ちゃん、ばいばい！」

赤いスカートを穿いた小さな女の子が笑顔で手を振る横で、笑顔の母親が「お薬ありがとうございました」と会釈する。

「こちらこそありがとうございました。お大事になさってください」と手を振って二人を見送ると、クロエは、ふうと息を吐いた。

「なんだか気が抜けちゃったわね」

思い出すのは昨日別れたオスカーと名付けた犬のこと。二週間しかいなかったのに、いなくなると何かが足りないような気持ちになる。

カウンターに頬杖をついて、「はあ」とため息をつきながら彼女は思った。でも、なんか色々と分かったかもしれないわと。

学園時代、クラスメイトたちにどんな魔道具が欲しいか尋ねたところ、意外と多かったのがペットの犬や猫に関する魔道具だった。

言われたときは何となくピンとこなかったのだが、実際犬と暮らしてみてよく分かった。彼らにとってペットは家族なのだ。

(今まではペットのための魔道具開発なんて考えてこなかったけど、ちょっと考えてみようかしら。案外新しいドアが開くかもしれないわ)

そんなことを考えながら、クロエは立ち上がった。

こういう気分が落ち込んでいるときは、古代魔道具の分析に打ち込むのが一番だ。冒険者ギルドに行って、新しい魔道具を借りてこよう。

彼女は店を閉めると冒険者ギルドに向かって大通りを歩き始めた。今日も暑いわね、とか、来月はきっと地獄ね、などととりとめもないことを考える。

そして冒険者ギルドの建物に入り、彼女は雰囲気がいつもと違うことに気がついた。

人が妙に多いし、空気がピリピリしている。

何かしら、と首をかしげながらカウンターの受付嬢にアルベルトを呼んで欲しいと頼むと、申し訳なさそうに「会議中です」と言われた。

「彼からココさんを最優先するように言われておりますので、隙を見て呼んできます。申し訳ありませんが、しばらくお待ちいただけますか」

クロエはフロア内の長椅子に座ると、正面の掲示板に張ってあるお知らせの紙をながめた。地下洞窟（ダンジョン）封鎖のお知らせや、発熱や肌が赤くなったらすぐに受付に来るようにというお願いなどが目立つところに張られている。

（例の病気がまだ解決していないのね）

アルベルトは大丈夫なのかしらと考えていると、奥のドアが開いて先ほどの女性ギルド職員が慌てた様子で出てきた。クロエを見つけて走り寄ってくると、彼女はいきなりクロエの腕を摑んだ。

「ココさん！　来てください！」

「え!?」

「いいから、早く！　皆さんお待ちです！」

よく分からないまま引きずられるように奥の会議室に入ると、そこには大きなテーブルを囲んで十人ほどの男女が座っていた。一番奥に座ってニコニコしている白髭の老人以外は、皆一様に険しい顔をしている。

座っている一人がアルベルトなことに気がついて、これ何？　という視線を送るが、彼も状況が分からないらしく、申し訳なさそうに軽く首を振られる。

頭の上にはてなマークを浮かべながら促されるまま空いている席に座ると、立派なスーツを着た男性が、テーブルの上に小さな瓶を置いて、硬い声で尋ねた。

「これは君が作ったもので間違いないか」

クロエは目を凝らした。瓶には店で使っているラベルが貼られている。他に使っている店を見たことがないし、多分うちの商品ねと思いながら彼女はうなずいた。

「はい、そうだと思います」

白衣を着た中年男性が、ガタンと立ち上がった。

「君！　どうやってこの薬を！」

「い、一体どんな方法を使ったらこんな！」と、隣に座っていた眼鏡の女性も目を血走らせ立ち上がる。

クロエは訝しげに彼らを見た。状況がさっぱり分からない。

見かねたらしいアルベルトが、控えめに口を開いた。

「とりあえず、彼にこの状況を説明しませんか。状況が分からなければ答えようがないのではないでしょうか」

当たり前に聞こえるアルベルトの提案に、男性がいきり立った。

「何を言っているのですか！　そんなことを言っている場合じゃありません！」

「そうですよ！　これは一大事なのですよ！」

興奮する人々をながめながら、クロエはため息をついた。

意味が分からないし面倒そうだ。古代魔道具だけ借りて、さっさと帰ろう。

そして、「よく分からないんで、僕帰ります」と立ち上がろうとした、そのとき。

「ほっほっほ」

ニコニコしながら黙って聞いていた白髭の老人が口を開いた。

「じゃあ、わしから説明しようかの」

立派なスーツを着た男性が慌てたような顔をした。

「会長がわざわざ説明されなくても！」

「この場はわしが説明しないと収拾がつかないじゃろうて」

言葉に詰まる男性。老人は片手で髭を撫でつつ、ニコニコしながらクロエを見た。

「わしはルイーネ王国冒険者ギルドの会長を務めているブラッドリーじゃ」

「……サイファで薬屋をしている薬師ココです」

この人もしかしてすごく偉い人なんじゃないかしらと思いながら自己紹介を返すクロエ。

ブラッドリーは「ふむ、ココさんか」とにこやかに笑うと、その他出席者について簡単な紹介をしてくれた。出席者の大半が王都から来た医師や薬師、ギルド本部職員らしい。

この中でダントツに偉いブラッドリーがしゃべっているせいか、さっきの勢いはどこへやら、皆借りてきた猫のように大人しくなっている。

ブラッドリー曰く、冒険者ギルドは全地下洞窟（ダンジョン）封鎖寸前まで追い詰められていたらしい。

「発生から一か月近く経過しても、病気の原因も分からず特効薬も見つからない状態での。わしは地下洞窟（ダンジョン）全面封鎖の決断をするためにこの街を訪れたのじゃ」

全面封鎖となれば社会への打撃が大きいため、冒険者ギルド会長自らが現場を視察して決断したという体を取る必要があったのだ。

「それでこの街に今朝到着したわけじゃが、会議中に医師の一人が飛び込んできての」

医師は真っ青な顔で「特効薬が発見されました！」と叫んだらしい。

当然会議場は上を下への大騒ぎで全く収拾がつかず、最終的には完治した冒険者たちが呼ばれた。

『昨日湖を歩いていたら、丸眼鏡の小柄な少年に薬をもらいました』

その少年がくれた薬を半信半疑で飲んだところ、紫に変色していた顔がみるみるうちに元に戻り、これは効くのではないかと他のパーティメンバーにも飲ませたところ、皆一様に回復した、とのことだった。

「し、信じられない！」

「だ、誰だ、その少年は！」

そして、その少年の特徴を聞いたサイファギルド長が「恐らくうちの街の薬師ココさんではないか」と言い、そこにタイミングよく女性職員が「アルベルトさん、薬師のココさんが来られました」と現れたため、その薬屋を呼べということでクロエが半ば強引に連れてこられた、という次第らしい。

クロエはようやく合点がいった。どうやら彼らは毒による症状を未知の病気と勘違いしていたようだ。

（確かに毒と病気を勘違いしていたら、薬は作れないわよね）

彼女が納得しながらうなずいていると、ブラッドリーがニコニコしながら口を開いた。

「それで、ココさんには薬の作り方を教えて欲しいんじゃが、どうじゃろうか。もちろん相応の対価は払うし、製法についても秘密を守る。特許を取るサポートもこちらでさせてもらうぞい」

「はい、構いません。特別な材料や製法を使っているわけではありませんから」

「ふむ、ではそうさせてもらおうかの」

何となく話がまとまり、ブラッドリーの横に座っていた本部から来たギルド職員がホッとしたような顔をする。

そしてクロエが、もういいかしらねと席を立とうとした、そのとき。

「ちょっといいですか」

眼鏡をかけた王都から来たという年配の薬師の女性が、クロエをギロリと睨んだ。

「薬について幾つか質問をしたいのですが、よろしいですか」

「はい」とクロエは浮かせかけていた腰を元に戻した。質問があるのは当然だろうと思いながら「何でしょうか」と尋ねると、女性が鋭い目でクロエを見据えた。

「あなた、どうやって薬を作ったんですか」

「先ほど言った通り、特別なことはしていません。製法も解毒薬とほとんど同じで、三種類の薬草から魔力抽出を使って作っただけです」

女性がイライラしたような表情で目を細めた。

「私が言っているのはそういうことではありません。そもそもなぜ病気ではなく毒だと分かったのですか？」

なるほど、とクロエは考え込んだ。確かに最初に病気と思うか毒と思うかで結果は全然違ってくる。

ちなみにクロエが毒だと思ったのは前世の知識からだが、そんなことは言えない。

考えた末、彼女は誤魔化すことにした。

「それは、僕が見た患者が犬だったからだと思います」

「……は？　犬？」と女性が呆気にとられる。

「はい。犬を拾いまして、その犬の治療のために薬を作ったのです」

薬を作った経緯を説明するクロエ。

他の出席者たちが「なるほど」「犬がかかるとなると確かに病というよりは毒が浮かびますな」と納得するのに対し、まるでプライドが傷つけられたとでもいうように女性薬師の顔がどんどん強張っていく。

そして話が終わると、彼女は忌々しそうにため息をついて、鋭くクロエを睨んだ。

「毒と気がついた理由は理解しました。しかし、今の話ではどうやって薬を作ったのかが全く分かりません。普通の方法であれば少なくとも半年はかかるはずなのに、なぜ三日で作れたんですか」

クロエは面倒くさそうに女性を見た。

確かにクロエの前世の知識と新規開発した魔道具がなければ半年くらいかかってもおかしくはない。

しかし、それを言ったら魔道具を提供しろという話になってしまう。

(厄介なことになったわ)

黙り込むクロエを見かねてか、アルベルトが口を開いた。

「失礼ですが、それについて薬師ココさんに話す義務はないと思います。薬の薬効が認められて製法が分かれば十分なのではないですか?」

「あなた、これがどのくらい重要なことか分からないの!? この薬師の方法が分かれば今後どれだけ研究期間の短縮が図れるか!」

「それは今回の件とは関係ないように聞こえますが」

「知識のない人間は黙っていてもらえませんか！」

アルベルトと女性の応酬を聞きながら、クロエは腕を組んで考え込んだ。

同じ研究者として彼女の言い分はよく分かる。気になって仕方ないだろうし、自分がその立場でも追及してしまうだろう。

でも、正直に言ったら寄越せという話になって、魔道具の特許を取らざるを得なくなってしまう。

こんなオーバーテクノロジーな魔道具を登録なんてしたら確実に写真付きで新聞に載る。

（ランズ会長じゃないけど、潜伏中に何をやっているんだって話だわ）

クロエは全力で誤魔化すことを決心すると、「教えなさい」と言わんばかりに迫ってくる女性薬師を真っすぐ見ながら、無表情に口を開いた。

「勘です」

「は⁉」

「勘で調合したら、たまたま出来上がりました」

「……！　あ、あなたね！」

興奮した女性がガタンと席を立ち上がる。

その顔を、ちょっとしつこいんじゃないの、と思いながら面倒くさそうにながめるクロエ。

そして、「じゃあ、僕、帰ります」と席を立とうとした、そのとき。

ニコニコ笑っていたブラッドリーが、興奮する女性に向かって口を開いた。

「専門家にしか分からない話があるかと思って黙っておったが、ずいぶんと強引じゃの」

「……しかし、これは……」

「わしにはあんたが若者から技術を奪おうとしているように見えるんじゃが、そこんとこどうなんかの」

「わ、私は、そんなつもりは……」

「ほう、ではなぜそこまで強引に聞き出そうとしておるのかの。彼は冒険者ギルドだけではなくこの国の恩人じゃ。その彼に向かってずいぶんな態度じゃの」

笑顔の奥の鋭い目つきに、女性が真っ青になる。

ブラッドリーがにっこりと笑った。

「ははは、冗談じゃよ。それに、ココさんは今後も何かあれば分析に協力してくれるだろうから、何かあれば勘の鋭い彼に依頼すればよい。そうじゃな、ココさんや？」

なんか上手くしてやられた感じがするわと思いながらも大人しく「はい」と首を縦に振るクロエ。

ブラッドリーが笑顔で立ち上がった。

「では、これにて解散としよう。ココさん、まずはここにいる彼らと一緒に薬を作ってくれんかの。作り方を教えてやって欲しい」

「はい、了解です」と、クロエがうなずく。

「それと」とブラッドリーがにっこり笑った。「それが終わったら、今夜一緒に食事でもいかがですかな」

なんか面倒なことになったと、げんなりするクロエを見て、アルベルトが立ち上がった。

「会長、私もご一緒してよろしいでしょうか」

「ああ、構わんよ。来るといい」

クロエは感謝の目でアルベルトを見た。彼が一緒に来てくれるのであれば心強い。

その後、クロエは反省顔の薬師の女性に新薬の作り方を教えながら、自らも製薬に没頭。

夜にはアルベルトとブラッドリーと三人で街の一番高い店に行って、実はブラッドリーがアルベルトの大叔父であることに驚きながら、美味しいお肉を堪能（たんのう）する。

そして、今回の件でココの名前が表に出ないようにすることを条件に、今後わからない病気や毒が出たときは、有料で分析を手伝うという約束を交わした。

冒険者ギルドでの騒ぎの二週間後、少し蒸し暑いどんよりと曇った午後。

クロエはアルベルトと共に都市間馬車乗り場に来ていた。彼らの正面に立っているのは、大柄な冒険者と白と茶色のまだらの犬だ。

冒険者が頭を下げた。

「ココさん、ありがとうございました。お陰でパーティ全員、冒険者稼業を続けられます」

「いえいえ、薬師として当然のことをしたまでです」

クロエは差し出された手を握り返すと、しゃがみ込んで犬の頭を撫でた。

「元気でね。おやつ食べ過ぎちゃダメだよ」

「わんっ」

元気よく吠えながら何か持っていないかとクロエのポケットの匂いをかぐ犬を、苦笑いしながら両手で撫でるクロエ。ふわふわした毛を思い切り堪能すると、息を吐いて立ち上がった。

「これからどうされるんですか？」

「南方の街で鉱山が見つかったらしいんで、そっちに行こうと思います。俺ら、もともとそっちで活動していたんで」

「南方の鉱山は崩れやすい場所が多いと聞きます。くれぐれもお気をつけて」

「ありがとうございます。職員さんもお世話になりました」

青年がアルベルトと握手を交わし、仲間の待つ馬車のほうへと歩いていく。

犬が「お元気で」とでも言うようにクロエの手をペロリと舐めると、わんわんと嬉しそうに青年の後に付いていく。

一人と一匹が雑踏の中に消えるのを見送ったあと、アルベルトが心配そうにクロエの顔を覗き込んだ。

「大丈夫ですか。あの犬、結構気に入っていたんでしょう？」

「……うん。でもきっと飼い主と一緒にいるのが一番だと思う」

クロエが寂しげに笑う。割り切ったつもりではあったけど、寂しいものはやはり寂しい。

そして、踵を返してやや肩を落としながら街の中央に向かって歩いていると、横を黙って歩いていたアルベルトが口を開いた。

「そういえば、ココさん、飴玉ありがとうございました。あの飴玉のお陰で今回辛い仕事にも耐えきれました」

「そ、そうですか」とクロエが若干引き気味に相槌を打つ。あの飴玉が支えになったなんて、一体どれだけ過酷だったのだろう。

「それでなんですが、ココさん、お礼をしたいので、今度一緒に出掛けませんか。もちろん友人として」

「友人として」

「はい、隣街なんてどうでしょう。美味しいレストランがあるのです」

クロエはくすりと笑った。友人として、の意味は分からないが、きっと元気づけてくれようとしているのだろう。

「ありがとうございます。美味しいレストラン楽しみです」

微笑するクロエを見て、アルベルトが照れたように片手で眼鏡を上げる。

その後、二人はいつ行くかについて話し合いながら、街の中心部へと戻っていった。

# 【幕間③】コンスタンスとセドリック

クロエが、ルイーネ王国の辺境で犬としんみりとお別れしていた頃。

水色のドレスを身に纏ったコンスタンスが、ブライト王国王宮の大理石でできた廊下を一人歩いていた。

(ようやくあの騒動も今日で終わりね)

思わず深くため息をつく。思い出すのは、婚約破棄騒動から今日までの出来事だ。


あの卒業パーティのあと。

コンスタンスの父親であるソリティド公爵が夫人と共に「うちの大切な娘に何してくれるんだ」と王宮に怒鳴り込んだ。

それに対し、ナロウ王子が「コンスタンスが罪を犯したのだ!」と一歩も譲らなかったことから、貴族同士が揉めたときに使われる中立機関による調査が行われることになった。

その後、二か月にわたって詳細な調査が行われ、機関が出した結論は「コンスタンスの無罪」だった。

（当たり前よね。わたくしは本当に何もしていないんですもの）

しかし、この結果にナロウ王子が吠えた。

「無罪など、そんなはずがない！　間違っている！」

彼は、調査した中立機関に対し、あくまでプリシラの証言が正しいと激しく主張した。

「しかし殿下。コンスタンス嬢が何もしなかった証拠はたくさんありますが、何かしたという証拠は一つもないのです」

そう穏やかに説明する文官の言葉に耳を貸さず、ひたすら「お前たちは間違っている」の一点張り。

しまいには「我々はクロエ・マドネスにはめられたのだ！　あいつをここに連れてこい！」と怒鳴りだす始末だ。

当のプリシラも「私は間違っておりません！　クロエさんが誤解されているだけです、彼女を呼んでください」と泣いて懇願するだけ。

学園内であれば通じたかもしれないが、学園外でこんな無茶苦茶が通用するはずもなく。

「分かりました。では、あと二週間以内に我々を納得させられる証拠をお持ちください。それをもってコンスタンス嬢を有罪といたしましょう」

文官に涼しい顔でそう言われ、証拠など見つけられるはずもなく。

二週間後に無事コンスタンスの無罪が確定した。

その後、コンスタンスを陥れた者への処罰や賠償については、関係者全員が貴族ということで家同士の話し合いになり。ソリティド公爵は、王家に対して婚約の解消と賠償金の支払いを要求した。

「幼少の頃から尽くしてきた娘に対して何たる仕打ち。しかも最後まで自分の間違いを認めないなど、言語道断！　たとえ王族だろうと、そんな男に娘はやれん！」

実にもっともな話である。

しかし、今度は王宮側がソリティド公爵を宥めにかかった。

五歳から厳しい妃教育に耐えてきたコンスタンスは、これ以上ないほど妃に相応しい娘だったし、婚約が継続されればこの件は丸く収まり、莫大な賠償金を支払わなくて済むからだ。

王宮の文官たちは声を揃えた。

「彼女以上に妃に相応しい令嬢はおりません！　この国のためにも婚約を継続すべき

です！」

そしてすったもんだした結果、コンスタンス本人が「婚約の継続は不可能です」とこれを突っぱね、国王が「彼女の意志を尊重する」と表明したため、騒動から五か月後にようやく婚約の解消が決定。

本日父親と王宮に出向き、わざわざ出てきた国王から、「申し訳なかった。ナロウには金輪際コンスタンス嬢と、そちらから依頼があったクロエ・マドネス嬢に近づかないように王命を下す」という言葉をもらって、婚約解消の書類にサイン。

その後、一緒に帰る予定だった父に急遽（きゅうきょ）仕事の呼び出しが入り、コンスタンスだけ先に戻ることになった、という次第だ。

（本当に長かったわね）

王宮の階段を下りながら、コンスタンスは大きなため息をついた。

思い出すだけで疲れる日々だった。

ナロウ王子が問題のある人間であることは分かっていたが、正直あそこまで酷いとは思わなかった。

(わたくしの責任もあるかもしれないわね)

王族としての自覚を促すためにも、もっと厳しく言うべきだったのかもしれない。

(……まあもう、今となっては遅いけれども)

彼女は、これまでのことを振り払うように頭を軽く振ると、渡り廊下を歩きながら中庭をながめた。

中庭の木々が夏の日差しを受けてキラキラと輝いている。

煌めく日差しに目を細めながら思い出すのは、自分を「公衆の面前で衛兵に連行される」という窮地から救ってくれた親友クロエのこと。

彼女は、隣国ルイーネ王国に亡命したらしく、何回か来た三行程度の手紙によると、どこかの街で古代魔道具分析をしつつ無事暮らしているらしい。

まったくクロエらしいわねとコンスタンスが口角を上げた。

(でも、亡命は正解だったと思うわ。あの後の取り調べは本当に面倒だったもの)

中立機関の取り調べも大変だったし、生徒の中には直接王子たちに呼び出されて脅迫に近いことをされた者もいるらしい。あの魔道具以外のことに時間を使うのを嫌うクロエがこれに耐えられたとは思えない。

そして、クロエは遅かれ早かれ外国には行ったのかもしれないわね、と考えながら歩いていた、そのとき。

「コンスタンス様、お久しぶりです」

背後から若い男性の声が聞こえてきた。振り返ると、そこに立っていたのはナロウ王子の側近である眼鏡をかけたミカエル・ビシャス侯爵令息。

コンスタンスが軽く目を細めた。

ミカエルは母方の親戚にあたる幼馴染（おさななじみ）で、以前は、コンスタンスは婚約者として、ミカエルは側近として、ナロウ王子を支えるべく協力しあう仲だった。

しかし三年生になってプリシラに傾倒するようになり、最終的にはコンスタンスを裏切って断罪の急先鋒（きゅうせんぽう）になった。

そんなあまり良い思い出のない彼を見て嫌な気分になるものの、コンスタンスは礼儀正しく笑みを浮かべた。

「お久しぶりですわね、ミカエル様。何かご用ですか？」

「ええ、お尋ねしたいことがありまして、お待ちしておりました」

（どうやら待ち伏せされていたみたいね）

もしかして父親の急な呼び出しも関係あるかもしれないと思いつつ、彼女は笑顔を張り付けたまま口を開いた。

「何でしょうか。手短に言っていただけると助かります」

ミカエルがにっこり笑った。

「では単刀直入に伺います。クロエ・マドネス子爵令嬢はどこにいるのですか？」

予想外過ぎる質問に、コンスタンスは思わず目を見開いた。彼がなぜそんなことを聞くのかさっぱり分からない。

なぜそんなことが知りたいのかと尋ねると、ミカエルが肩をすくめた。

「捜しても見つからないからです」

「……国王陛下よりナロウ殿下に対して、彼女と私に関わる一切のことが禁止されたと聞きましたが」

「もちろん捜しているのはナロウ様ではありません」

コンスタンスが目をすっと細めた。

「では、どなたですか？」

「……」

目を伏せるミカエルを見て、コンスタンスは素早く頭を働かせた。

婚約破棄騒動はすでに収束したし、クロエに証言を覆させるタイミングもすでに過ぎている。にもかかわらず、なぜ彼女を捜す必要があるのだろうか。

（これは上手く情報を引き出す必要がありそうね）

彼女は呆れたように口を開いた。

「どこの誰が何の目的で捜しているのかも分からない状態で、友人の情報を教えられるはずがないでしょう。それともミカエル様は同じ状況でペラペラしゃべる方なのですか？」

ミカエルは、ムッとしたような表情でコンスタンスを軽く睨むと、仕方ないという風にため息をついた。

「お名前は言えませんが女性の方です。その方は、クロエ・マドネス嬢の誤解を解きたいとおっしゃっています」

「誤解？」とコンスタンスが訝しげにつぶやくと、まさかと目を見開いた。

「それは、プリシラさんではないでしょうね」

彼女の脳裏に浮かんだのは、裁判所で『クロエさんを呼んでください！　誤解を解きたいんです！』と泣き叫ぶプリシラの姿。

彼女の言葉に、ミカエルが沈黙で答える。

コンスタンスが信じられないといったように口を開いた。

「あなたも裁判所の資料を読んだでしょう。『プリシラ嬢の発言は事実無根である』

と書いてあったわよね？　それでもクロエの誤解を解きたいという彼女の言葉を信じるの？」

「もちろんです。私は彼女がはめられたと思っています」

　憎しみの目でコンスタンスを睨みつけながら、ミカエルが低い声を出す。

　コンスタンスは思わず後ずさりした。目の前にいる幼馴染が得体の知れない不気味な存在になったような感覚を覚える。

　そしてこれは誰かを呼ぶべきだと息を吸い込んだ、そのとき。

「やあ、二人とも。久しぶりだね」

　背後から明るい男性の声がした。振り向くと、そこに立っていたのは長身で赤毛の青年――王弟セドリックであった。

　二人は慌てて頭を下げた。

「お久しぶりです、セドリック殿下、兄がいつもお世話になっております」

「で、殿下！　お久しぶりでございます」

「そんなに畏(かしこ)まらなくてもいいよ」と言いながら頭を下げたままの二人に近づくセドリック。「頭を上げていいよ」と言うと、コンスタンスを背中に庇うような位置に立った。

「廊下を歩いていたら二人の姿が見えてね。普通じゃない雰囲気だったんで様子を見にきたんだ。何かトラブルでもあったのかい？」

ミカエルが「い、いいえ、その」としどろもどろに言い訳するのを遮って、コンスタンスがにっこり笑った。

「いいえ、特に何もありませんわ。もう話は終わりましたし」

「ま、待ってください！ まだ何もお聞きしておりません！」

必死の形相のミカエルを見て、セドリックが目を軽く細めた。

「ははっ、ずいぶんと必死だね。でも、返事がないのも返事のうちなんじゃないのか」

「……しかし」

ミカエルの諦めきれないといった表情を見て、セドリックは軽く肩をすくめると、コンスタンスを振り返った。

「何か彼と話すことはあるかい？」

「ありませんわ。正直申し上げますと、金輪際近づかないでいただきたいくらいですわ」

コンスタンスが間髪入れず答える。そして顔を歪ませるミカエルから視線を外してセドリックを見上げると、にっこりと微笑んだ。

「お手数ですが、馬車乗り場まで連れて行っていただけないでしょうか」

「もちろんですよ、さあ、行きましょう」

差し出されたセドリックの大きな手にそっと自分の手を乗せながら、コンスタンスが口角を上げた。

「それではごきげんよう、ミカエル様。今後こういうことがありましたら、ソリティド公爵家として抗議させていただきますので、そのつもりで」

「じゃあね、ナロウによろしく伝えてくれ」

真っ青になったミカエルを残して、二人は歩き始めた。渡り廊下を抜けて王宮内のふかふかの絨毯の上をゆっくりと歩く。

そして人気のない廊下を歩きながら、セドリックが身を軽く屈めて囁いた。

「大丈夫かい？　ずいぶんと顔色が悪いようだけど」

「ありがとうございます。お陰で助かりました」

「異様な雰囲気だったからね。一体どうしたんだい？」

コンスタンスはセドリックを見上げた。兄の上司であり最も信頼する友人の彼ならば話をしても良いかもしれない。もしかすると王族である彼の耳に入れておいた方が良いのかもしれない。

彼女は声を潜めた。

「クロエ・マドネス子爵令嬢がどこにいるか尋ねられました」

「え？」と、セドリックが目をぱちくりさせた。「なんでまた？　もう例の騒動は終わったのだろう？」

「わたくしも終わったと思っていたのですが、とある女性が誤解を解きたいから捜していると言われました」

「……例の女性って、まさか」

「ええ、そのまさかだと思いますわ」

セドリックが眉間にしわを寄せながら首をかしげる。

その反応を見ながら、やっぱり意味が分からないわよねと内心ため息をつくコンスタンス。

そしてやや間が空いた後、セドリックがボソッとつぶやいた。

「さっぱり分からないな。何でそんなことを気にするのだろうか」

「わたくしにもさっぱりですわ。まあ実のところ、わたくしも彼女の居場所を知らないので答えようがないのですが」

セドリックが面白そうに笑った。オスカーが知らなさそうだったから、君だけ知っていたらきっとショックを受けるだろうからね」

「そうですわね」とうなずきながらコンスタンスはセドリックをチラリと見た。彼は、兄がクロエに懸想していることを知っているのではないだろうか。

（もしかして、セドリック様とあの二人について話ができるのでは……？）

　実を言うと、コンスタンスは二人について誰かと思い切り語り合いたいと思っていた。だって、モテ過ぎる兄が、魔道具にしか興味のない親友にアプローチしているのだ。こんな面白い状況はない。

　しかし二人の関係について口外するなんてもっての外だし、かといって他に知っている人もいない。

　結果自分の中にため込むしかなく、コンスタンスはかなりストレスがたまっていた。

　故に、相手が王弟殿下であることも忘れて、彼女は思い切り食いついた。

「セドリック様は、お兄様から彼女の話を聞いているのですか？」

「ああ、あいつが女性の話をするなんて珍しいからね。ずいぶんと気に入っているようだね」

意味深に微笑みながら答えるセドリックに、「ええ、とても」とこちらも意味深に答えるコンスタンス。

不思議な沈黙が二人の間を流れる。

そして、セドリックが何気ない風に切り出した。

「君はあの二人をどう思う？」

「お似合いだと思いますわ。ぜひ上手くいって欲しいと思っていますわ」

「そうか。実は私もなんだよ」

コンスタンスは同志を見る目で彼を見た。やっとこの件について語り合える人が見つかった！

セドリックがにっこりと笑った。

「この件については、私も非常に興味があってね。状況が落ち着いたころに、お茶にでも誘って良いだろうか」

「ええ、もちろんですわ。ぜひお話しさせていただけると嬉しいですわ」

そう答えながら、彼女の胸は軽くなった。

婚約は解消されたものの、これからの道のりはげんなりするほど険しい。

今後の身の振り方も難しくなるし、何より社交界で色々言われるのは目に見えている。新聞各社からも追いかけ回されるかもしれない。

でも、落ち着いたあとに楽しいイベントが待っていると思えば、気持ち的にずいぶんマシだ。

その後、二人は王宮内を通り抜け、ソリティド公爵家の馬車の前に到着した。

お礼を言うコンスタンスに、どういたしましてと笑うセドリック。

そして、彼はふと尋ねた。

「ところでコンスタンス、君は今日この王宮で何か飲んだかい？」

「はい。待っている間にお茶をいただきました」

「どう思った？」

「美味しいお茶だと思いましたわ」

なぜそんなことを聞くのかしらと首をかしげるコンスタンスに、セドリックが穏やかな顔で微笑んだ。

「ちょっと参考にしたいと思っただけだから気にしないでくれ。じゃあ、気をつけて」

その後、馬車に乗り込んだコンスタンスは、屋敷に無事到着。

夜に家族で婚約解消を祝ったあと、

「今日は嫌なこともあったけどいい日だったわ」

と思いながら、久々に幸せな気分で眠りについた。

## 三　薬師ココ、街の秘密に迫る

クロエがサイファの街に来て約五か月、太陽が照りつける夏の午後。

裏庭の軒下で、ゆったりめの白いシャツを着たクロエが、水を張ったタライに足を浸しながらぐったりしていた。

(暑い……、暑すぎる……)

母国ブライト王国も夏は暑いと思ったが、ここルイーネ王国はレベルが違った。

空気が乾燥しているため日陰は涼しく感じるが、動くとすぐに汗が出るし、その汗もすぐに蒸発してしまうため、注意して水分を取らないと倒れてしまうらしい。

(道端で卵が焼けそうだわ)

瓶に入ったぬるい水を飲みながら、早く夕方にならないかしらとボーっと裏庭をながめていると、チリンチリンと裏門のベルが鳴った。

(誰かしら)

ちょっと面倒くさいなと思いながら作業場に入って、男装用の厚手の服を身につけて、その上からゆったりしたシャツを羽織る。

そして太陽が照りつけるなか、裏庭の扉を開けると、そこには台車を押したアルベルトが立っていた。

「こんにちは、ココさん、そろそろ薬瓶がなくなる頃だと思って持ってきました」

「ありがとうございます。どうぞお入りください」

クロエは、助かったわと感謝しながら扉を大きく開けると、アルベルトと台車を裏庭に招き入れた。庭を横切り作業場に通じるドアを開く。

「散らかっていますけど、どうぞお入りください」

「お邪魔します」と言いながら作業場に入って、アルベルトは顔を引きつらせた。

「な、なんというか、相変わらずすごいですね」

「そうですか。比較的片付いていると思うんですけど」

そう言いながら、瓶に入った水を、洗ってあるビーカーに注ぐクロエ。

アルベルトはやや不安そうな顔でビーカーを見つめると、思い切ったように飲んだ。

「おや、美味しいですね」

「ええ、レモン汁を入れました」

正面に座って同じくビーカーの水を飲むクロエ。

アルベルトがその姿をジッと見る。

その視線に気がついたクロエが「どうしたんですか？」と尋ねると、彼は目を伏せながら、ぽつりとつぶやいた。

「いえ、珍しく首元が開いた服を着ていらっしゃるなと思いまして」

そして「自分は一体何を言っているんだ」とでもいう風に頭を振ると、誤魔化すように片手で眼鏡を上げながら口を開いた。

「すみません、変なことを言って。今日は暑いので、頭が疲れているのかもしれません」

「本当に疲れますよね」とクロエが同意する。「毎年こんなに暑いんですか？」

「今年は特に暑いです。老人たち曰く、こんな暑い夏は記憶にないそうです。――実は、そのせいで困ったことが起きていまして」

「困ったこと？」

「はい、このままこの気候が続くと、湖の水が枯渇してしまうらしいのです」

「……え！」

クロエは大きく目を見開いた。

この街には、裏庭の薬屋用の井戸も含めて、三十か所ほど井戸がある。それらの井戸の水は湖から引かれており、人々はその水を使って生活をしている。もしも湖が干上がってしまったら大変なことになる。

「実は、去年もかなり危ないところまでいったのですが、夏の終わりにまとめて雨が降ったので事なきを得ました。でも、今年は例年より雨も少ないですし、夏はまだまだ続きますから、本格的にまずいという話になっています」

彼の話では、街の上層部が話し合いをして、来週から井戸への水の供給を制限することになったらしい。

「ココさんのように医療関係の方が使う井戸は朝五時から夜九時、それ以外の井戸については朝昼晩の一日三回、一回二時間になります」

ちなみに、これで駄目なら冒険者の受け入れを全面的に中止、それでも駄目なら街の一部を隣街に非難させることも考慮に入れているらしい。

事の重大さに、クロエは眉間にしわを寄せた。

そういえば、前に犬を散歩させたとき、湖が少し小さくなった気がしたなと思い出す。

（あれは気のせいではなかったのね。思えばあの頃から暑かったものね）

地下水を汲み上げられる井戸は掘れないんですかと尋ねると、アルベルトが首を横に振った。

「このあたりは掘っても使えるような水が出ないそうです」

「湖の水はどこから来ているのですか？」

「底に水が湧き出ている場所があるのではないかと言われていますが、実際のところよく分かっていないそうです」

あの女神像から本当に水が出れば良いのですが、と笑うアルベルト。

とりあえず来週から水が止まりますから注意してくださいね、と言い残して帰っていく。

その後ろ姿を見送りながら、クロエはつぶやいた。

「……とうとうアレを調べる時が来たのかもしれないわね」


その日の深夜。

クロエは足音を忍ばせながら寝静まった街を歩いていた。

目的地は、街の中央にある大きな広場だ。

植え込みと街路樹に囲まれた広場に到着すると、彼女は中央の窪(くぼ)んだ場所にある女神像を見上げた。壺を持って台座に立っているそれは、かなり風化が進んでおり、相当古いもののように見受けられた。

　クロエは誰もいないことを確認すると、持っていたランタンに火を灯した。

　像がオレンジ色の光に照らされる。

　彼女は台座部分にランタンを近づけると、「多分このへんだと思うんだけど」とつぶやきながら、丹念に調べ始めた。台座の裏側のへこみの部分に突起を見つけ、軽く魔力を流す。

　台座が軽く震えて縦に切れ目が入る。

　その切れ目に持ってきた工具を差し込んでこじ開けると、クロエは開いた細い隙間から中を覗き込んだ。

（やっぱり。これ、古代魔道具だわ）

　思い出すのは、この街に来た初日にアルベルトから聞いたこの街の伝承だ。

『あの像はこの街の象徴のような存在でして、水の女神と呼ばれています』

『その昔、女神像の持っている壺から湧き出た水が人々を潤し、この街を守っていたそうです』

　この話を聞いて思ったのだ。なんか古代魔道具の話っぽいなと。伝承が正しければ、恐らく水に関わる古代魔道具だろう。

（多分だけど、前世でよく見かけた、街に降った雨水を効率的にためて濾過する仕組

みじゃないかしら)

とりあえず、開けて中を見てみましょう、と隙間を更にこじ開けて中を覗き込むと、中は入り組んだ太い管でいっぱいだった。

彼女は首をかしげた。

(見たことがないわ、どうやら雨水をためる仕組みじゃないみたいね)

更に観察を進めると、太い管の奥には人が入って作業できるほどのスペースがあることが分かった。

(かなり大掛かりな魔道具ね、わたしの知らない仕組みだわ)

クロエの胸は高鳴った。未知の魔道具を前に心が躍る。

そして、もっと内部を観察しようと隙間に手をかけたのと同時に、静かな夜に酔っ払いが歌う声が響き渡った。石畳の上を硬い靴で乱暴に歩く音が近づいてくる。

(まずいわ、こんなところ見られたら大騒ぎになる)

彼女は急いでランタンを消すと、台座の陰に隠れた。

酔っ払った冒険者らしき男性三人組が広場を陽気に横切っていく。

歌う声が十分遠くなってから、クロエはそっと立ち上がった。飲み屋が閉まる時刻なのか、街のあちこちで歌う声が聞こえてくる。

彼女はため息をつきながら、よいしょと重い台座を閉めると、「いずれにせよ今日はここまでね」とつぶやきながら薬屋へと戻っていった。

翌日の夕方、クロエは作業台に向かって腕を組んでいた。

目の前にあるのは、思い出したり想像したりしながら描いてみた、前日の夜に見た女神像の下の古代魔道具の絵だ。

（多分地下水を汲み上げる系の魔道具じゃないかしら）

地下には水の層がある。浅い層の水は気候や雨の量などに左右されやすいが、深い層のものはそれがなく、安定的に水を供給することができる。

もしも、あの女神像の下に眠っている魔道具が、深い層の水を汲み上げるものであれば……。

（魔道具を動かせば、街の水問題が解決できるかもしれないわ！）

クロエはワクワクしながら頭の中で修理計画を立て始めた。

まずは女神像の台座を外し、中を調査して、何がどのくらい必要か見積もって……

など考える。

そして大体の計画を立て終わり、これでいけそうねという段になって、彼女はふと思い出した。そういえば、わたしは薬屋だったわね、しかも潜伏中の、と。

(街の薬屋が、古代魔道具を修理して街の水問題を解決なんてしたら、大騒ぎになるんじゃないかしら)

間違いなく写真付きで新聞に載るだろうし、そうなったら素性がバレるのは時間の問題だ。確実に潜伏している意味がなくなる。

加えて懸念されるのは、自分が古代魔道具を動かせるという事実を知られてしまうこと。もしかすると前世の強力な兵器を動かせと言われるかもしれない。もちろんそうなったら拒否するが、いずれにせよあまり良い結果にならない気がする。

(これはどうしたものかしらね……)

『街の水問題の解決&未知の魔道具への好奇心』対『身の上がバレる可能性&古代兵器復活の可能性』という究極の構図に頭を抱えるクロエ。いくら考えても答えが出ない。

そして、しばらくして。これは一度気分転換した方が良いと、彼女は薄手の上着を羽織って店を出た。

外はすでに日が陰っており、人々がどこかホッとした表情で歩いている。

（こっちの人も昼間の暑さは堪えるみたいね）

薔薇色の空をながめながら中央広場まで歩くと、広場の真ん中には変わらず女神像が立っており、複数の老人たちがそれぞれ祈りを捧げている。

その様子をぼんやりとながめていると、通りかかった道具屋のお姉さんナタリアに声をかけられた。

「ココさん！　最近どう？　彼女できた？」

「いえ、まだです」

ナタリアは「可愛い顔しているのにもったいないわねえ」とクロエの横に並ぶと、老人たちを見ながら口を開いた。

「おばあちゃんたち、またお祈りしてるわねえ」

「もしかして、毎日お祈りしているのですか？」

「ええ、そうよ。アレ、水の女神様って話だしね。まあ、祈る気持ちは分かるけどね」

クロエが「やっぱり節水は大変ですか？」と尋ねると、ナタリアは、そりゃもちろんよといった風にうなずいた。

「うちはまだいいけど、姉のところは子どもが三人もいるから大変よお。すぐ汚してくるけど、洗濯もロクにできないし、体も満足に洗えないもの」

早く雨が降るといいわね、と手を振って広場を出ていくナタリアを見送ると、クロエは薬屋に戻り始めた。

途中でお腹が空いていることに気がつき、少し早いけどと虎の尾亭に入る。

そして、いつも通りカウンターに座って日替わり定食に舌鼓を打っていると、チェルシーが不安げな表情で話しかけてきた。

「ココさん、給水制限が始まるの、知ってます？」

「うん、聞いた。来週からだっけ」

「そうなんですよ。うちは洗い物が多いから大変で」

虎の尾亭では、紙皿を使ったり、水を汲み置きするなどして対応するつもりらしいが、やはり不都合はかなり出るらしい。

「水が自由に使えないとなると、冒険者も減るだろうし、ホント商売上がったりですよ」

クロエはそっと店内を見回した。いつも陽気に騒いでいる冒険者たちも何となく静かだし、マスターもどことなく暗い表情だ。

（それはそうよね。水が枯渇するって死活問題だものね）

クロエは店を出ると再び広場に向かった。月明かりの下、女神像をじっと見つめる。

自分は未知の魔道具に触れられるし、街の人は水不足から解消されるかもしれないし、一石二鳥じゃないか！　と思う反面、やはり頭にチラつくのは、自分が潜伏していることや古代兵器が復活する可能性。

考えれば考えるほど答えが見つからず、彼女は深くため息をつくと、「まあ雨が降るかもしれないし、様子見かな」とつぶやきながら薬屋へと戻っていった。

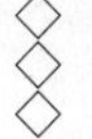

それから三日後。クロエは考えに考えた末、一つの結論を出した。

『女神像を秘密裏に修理しよう』

ここで今までと変わりなく平和な研究生活を送ろうとするならば、何もしないのが一番だと思う。

でも、この街の人はクロエにとても親切にしてくれた。

買い物で困っていた彼女を助けてくれたこともあったし、道に迷っているのを見て親切に声をかけてくれたりもした。

その人たちが困っているのを放っておくのは人としてダメだ。

(お天道様の下を歩けないことはしないって決めたじゃない、これはやるべきよ)

一番楽なのは、冒険者ギルドに相談して、正式に動かすことなのだろうと思う。

でも、そうなると潜伏していることがバレるリスクが高くなるし、古代魔道具が動いたということが周知され、古代兵器復活の可能性が上がる気がする。

潜伏していることがバレるのはまだしも、兵器復活だけはダメだ。

(ブラッドリーさんに相談してみてもいいけど……)

あの老人ならきっと秘密裏に何とかできるとは思う。でも、地下洞窟(ダンジョン)探索の推進という立場上、古代兵器についてはむしろ復活させたがるのではないだろうか。

(とりあえず一人でがんばるしかないわね。こっそり直せたら、それに越したことはないもの)

理想は、ある日突然水が出始めた、くらいに思われることだ。

そこからクロエは、夜な夜な女神像に通い始めた。

誰もいないのを見計らって、台座の扉を開けて中を観察する。

中は何らかの防護機能が働いているらしく状態がいいため、地下につながるパイプの不具合や地下水の枯渇でなければ、修理によって動くような雰囲気が感じられた。

（これはいけるんじゃないかしら）

そう思って、何度も中に入って修理しようと試みたのだが、

「くっ！　開かない！」

中に入れるほど扉が開かないのだ。どうやら錆びついているようで、クロエの力ではこれ以上無理に思われた。

しかも、夜中だというのに人が結構通るのだ。

多いのは酔っ払いで、他にも突然やってきて祈り始めるおばあちゃんなどがおり、台座の陰から一時間以上動けなくなったこともあった。

（これは一人で直すのは無理だわ）

誰か協力者がいないと不可能だ。となると、彼しかいない。

（アルベルトさんに相談しよう）

彼ならクロエが古代魔道具に詳しいと知っているし、口も堅い。街のために働く意識も高いから、街のためだと言えば協力してくれる気がする。

彼女はアルベルトに相談することを決心すると、冒険者ギルドに向かった。

途中で広場にある女神像を見て「もうちょっと待っていてね」とつぶやく。

そして冒険者ギルドに到着し、大切な話があると告げると、すぐに応接室に通された。

「どうしたんですか？　ココさん」

未だかつてない真剣な表情でソファに座るクロエを見て、その向かいに座りながら、アルベルトが緊張の面持ちで尋ねる。

クロエが声を潜めた。

「大きな声では言えないのですが、水不足を解消する手段があるかもしれないのです」

アルベルトが目を見開いて身を乗り出した。

「どういうことですか？」

「実は……」

クロエは声を潜めたまま、ここ数日にあった話をした。

女神像の台座を開けたところ古代魔道具らしきものが眠っていたこと。恐らく深層にある地下水を汲み上げるタイプであること。何とか秘密裏に修理したいと思っていること。

アルベルトが、真剣な顔で口を開いた。

「確かにあの女神像から水が出ていたという伝説は残っています。その正体が古代魔道具であったというのも納得です。——ですが、どうして秘密裏に修理したいのですか？」

至極もっともな質問に、クロエは事前に考えておいた言葉で即答した。

「直せるかどうか分からないからです」

秘密にしてもらうための方便のつもりのこの発言に、アルベルトは納得したように大きくうなずいた。

「確かに、古代魔道具はロストテクノロジーと言われていますし、直せるとは限りませんね」

「ええ、その通りです」

「むしろ直せない可能性の方が高い、そういうことですよね」

「……ええ、まあ」

アルベルトが、なるほど、とうなずいた。

「となると、確かにココさんがおっしゃる通り、秘密にした方が良いですね。修理が難しい物を直せるかもしれないなんて言ってしまったら、街の人を糠喜(ぬかよろこ)びさせる結果になってしまいますから」

　クロエは黙り込んだ。

（確かにロストテクノロジーだし、アルベルトさんが気を遣って「修理できなくても大丈夫ですよ」とハードルを下げてくれていることは分かるわ。でも、魔道具師としてのプライドが滅茶苦茶傷つく！）

　クロエは、資料を取るために後ろを向いたアルベルトの背中をギロリと睨んだ。ここまで言われて修理できなかったら、天才魔道具師の名が廃る。

（こうなったら意地でも動かしてやるわ！）

　薬師ココと名乗っていることなど忘れ、奮起する。

　そんな彼女の心中など露知らず、アルベルトがテキパキと実務的な話を進め、三日後の夜に修理を決行することに決めた。

　冒険者ギルドでアルベルトと打ち合わせをした三日後、蒸し暑い夜。

　工具の入った箱を持ったクロエが、広場の真ん中を感心してながめていた。

(アルベルトさんって、本当に優秀だわ)

目の前にあるのは、白い布に四方を覆われた女神像。

布の外側には『女神像は修復中です』という看板が立てられており、そのそばにランタンが置かれている。

アルベルトが、どこかの貴族に「こんな時こそ女神像を美しく」という名目で寄付を出してもらったのだ。

そのお陰で女神像の周囲が布に覆われていても誰も何とも思わないし、もともと明かりがついていれば、多少明るさが変わっても大丈夫、というわけだ。

本当に上手いこと考えるわねと思いながら布の下を潜って女神像に近づく。

女神像のそばには、すでに動きやすそうな格好をしたアルベルトが立っており、足元にはランタンや飲料水が準備されていた。

「こんばんは、準備万端ですね」

にっこりと笑うアルベルトに、「こんばんは」と返事をしながら、デキる人間って本当にすごいなと感心するクロエ。これは負けられないわねと、工具を地面に置くと、台座の窪みに指を入れた。息を吐きながらゆっくりと魔力を流すと、台座にピシリと切れ目が入って隙間が開く。

「すごいですね」とアルベルトが息を呑む。

その後、彼の力を借りて台座の扉をこじ開けると、クロエは中に首を突っ込んだ。

「やっぱり入れるようになっていますね。これから下りて作業します」

「……本当に大丈夫ですか？」

「はい、年数が経っている割には綺麗なので、恐らく問題ないかと」

やはり防護的な何かが動いているのだろうと思いながら、ゆっくりと足から中に入ると、そこは人一人がギリギリ作業できるほどの大きさの穴倉のような場所であった。

湿気が多く、水と鉄が混じったような匂いがする。

心配そうに斜め上から覗き込んでいるアルベルトからランタンを受け取ると、クロエは中を丹念に調べ始めた。まだまだ現役で働けそうな太いパイプの間に、大きめの箱のようなものがあるのを見つける。

(多分、これが動力だわ)

箱に「ごめんなさい、開けるわね」と小さく声をかけながら、魔力を通して蓋を開けると、中には様々なパーツや歯車などが組み合わさった心臓部らしきものが詰まっていた。ところどころに白く空っぽになった魔石がはめ込まれている。

(なるほど、魔石切れを起こして故障したという線もありそうね)

一度工具や魔石を取りに戻るために穴から引っ張り出してもらうと、アルベルトが驚愕の表情を浮かべた。

「ココさん、軽すぎます！　ちゃんと食べているんですか⁉」

クロエは目を逸らした。軽いのは小柄な女性だからなのだが、そんなことも言えず、

「最近食欲があまりなくて」と誤魔化しながら工具箱を開けた。

「とりあえず、適当にいじってみようと思います。アルベルトさんは見張りをお願いします」

「分かりました。無理しないでくださいね。これだけ期間が経って動く方が奇跡だと思いますし」

アルベルトの「直せなくても気にするな」というフォローに対し、意地でも直してやるから見ていろよと心の中で息巻くクロエ。

工具箱と水、ランタンを持って再び女神像の台座の下に潜り込んだ。太い管の確認を終えると、動力箱の中の分析をし始めたのだが。

（い、意外と大変だわ）

とにかく蒸し暑い。斜め上部分が開いているとはいえ、空気の入れ替わりがほとんどないため、蒸し暑さはどんどん増していく。

これはしんどいわねと思いながらも、クロエは気合を入れた。これで直せなかったら魔道具師としてのプライドがズタズタだ。何としてでも直してやる。

アルベルトに「大丈夫ですか」と心配されながらも分析に集中する。流れる汗をぬぐいながら、時には水を飲みながら作業を進めていく。

そして、途中で薬屋から足りない物を取ってきたり、アルベルトの持ってきてくれたサンドイッチを食べるなど、ちょっとした休憩を挟んで約六時間後。

「で、できた……！」

遂に心臓部にあたる魔道具が動き始めた。新しい魔石に取り換えた箇所に魔力が流れ始める。

クロエは満足げに魔道具の蓋を閉めると、その上から優しく撫でた。

「よかったね。これでしばらく大丈夫だからね」

そして「調子が悪かったらまた来るからね」と言いながら、広げてあった工具を片付けて立ち上がろうとして

（……え？）

クロエは思わずよろめいた。突然視界がぐにゃりと揺れる。

慌ててしゃがみ込むものの、目の前がどんどん暗くなっていく。

そして、アルベルトの「ココさん！」という声を聞きながら、クロエはぱたりと地面に倒れて、そのまま気を失った。

（……っ！）

女神像の台座の下で、ココがぱたりと倒れて動かなくなったのを見て、アルベルトは思わず息を呑んだ。

「ココさん！」と大きな声を出すものの、倒れたままピクリとも動かない。

彼は夢中で穴の中に入って、青い顔で気絶しているココを抱え上げた。四苦八苦しながらも何とか穴の外に寝かせる。

そして中に残っている工具箱を持って穴の外に出たのと同時に、

ゴボゴボゴボ。

聞いたことのない低い音が広場に響き渡った。

（これは一体……？）

眉をひそめて耳を澄ませ、それが台座の奥から響いてきていると気がついた瞬間、女神像が持っている壺から水が飛び出してきた。

「いけないっ！」

ココを抱えて後方に飛ぶアルベルトをよそに、透明の水がドバドバと音をたてながら流れ出してくる。

万が一でも穴の中に水が入ったらまずいと、アルベルトは急いで台座の扉を閉めた。

ガチャリという音がして、台座の切れ目が綺麗になくなる。

彼は工具箱とぐったりとしたココを抱え上げると、少し離れた場所から女神像を観察した。

女神が持っている壺から水が溢れ出ており、あっという間に周囲が水浸しになっていく。

（……これは、思った以上に大事になりそうですね）

アルベルトは苦笑いした。

水問題が解決するのは喜ばしいが、見つかったら大騒ぎだ。ココとの「秘密にする」という約束を守るのであれば、とりあえず今はこの場を立ち去った方が良い。

彼は工具箱を植え込みに隠し、夜の闇の中を、ココを抱えて薬屋の方向に走り出した。

裏門に到着すると、「ココさん、すみません」と言いながら、いつも首にかけてある鍵で門の鍵を開ける。

そして裏庭を横切って作業場に入ると、ココをソファの上に丁寧に寝かせて、急いで水分を摂(と)らせた。

「ココさん、飲んでください」

朦朧(もうろう)としながらも、何とか水を飲み下すココ。

アルベルトはホッとしながらそれを見守ると、再び彼を抱え上げて二階に上がる。

雑然とした部屋の隅にあるベッドにココの身を横たえ、肩で息をしながらその横にドサッと座り込んだ。

「つ、疲れた……」

やはり力仕事は苦手だと思いながら息を細く吐いて呼吸を整える。

そして流れる汗をぬぐって立ち上がると、さすがにこのままではと、ベッドに横たわるココのブーツを脱がせ、乱れた着衣を直そうと首元に手を伸ばし――

「……!!」

彼は、雷に打たれた如(ごと)く目を大きく見開いて固まった。

運んでいるうちにはだけてしまったらしいシャツの下に見えるのは、男性にはあってはならない谷間。

「……こ、これは……」

彼は呆然と立ち尽くした。

頭を思い切り叩かれたような衝撃と共に蘇るのは、これまでの出来事。

出会った初日のキラキラした瞳を見て「綺麗だ」と思ったこと。

魔道具の話をする笑顔を見て「可愛い」と思ったこと。

飴玉をもらったのが嬉しくてなかなか食べられなかったこと。

ココがギルドに来るといつの間にか目で追っていたこと。

実は自分は美少年好きだったのかもしれないと悩んでいたこと。

それらを思い出しながら、アルベルトは安堵の息をついた。

「良かった……」

後に彼は言った。

人生であれほど驚いた日はなかったが、あれほどホッとした日もなかったと。

翌日、街は大騒ぎになった。

まず、街一番の早起きとして有名な老婆が夜明け前にいつものように愛犬を散歩させていたところ、広場の中央が水浸しになっているのを見つけた。

「あれま！　なんてことだい！」

その後、衛兵が呼ばれ、やじ馬が集まり、冒険者が「そういえば昨夜水音を聞いたが、酔っ払ってて気のせいだと思った」などと証言し、街は大騒ぎ。

お昼前に目を覚ましたクロエが「どうなったんだろう」と行ったときには、広場は人で溢れかえっており、教会の神官たちが「これは神の奇跡に他なりません！」と叫んでいるところであった。

（思った以上に大騒ぎになっている！）

街の人たちの話を立ち聞きしたところ、水が出始めた原因は不明で、空っぽだった堀に水がたまり始めているとのことだった。どうやら噴水から溢れた水は堀に流れる仕組みだったらしい。

(なるほどねえ。確かに水が街を守っている)

街の人たちが明るい顔で、これで水不足が解消すると笑いあっているのを見て、何はともあれ良かったと思うクロエ。

いつの間にか布を取り払われた女神像も心なしか嬉しそうだ。

(彼にお礼を言わないと)

そう思って冒険者ギルドに行くと、どことなくぎこちない様子のアルベルトが出てきた。

通された応接室で、クロエはぺこりと頭を下げた。

「アルベルトさん、ありがとうございました。運んでくれた上に朝の薬の販売までしてくれて」

「……いえ、大したことはしていないので気にしないでください」

アルベルトが、片手で眼鏡を上げながら軽く目を伏せる。

彼の話では、修理が終わった途端にクロエが倒れたので、台座の扉を閉めたあとに、家に運んで寝かせたとのことだった。水は修理が終わってすぐに出始めたらしい。

「飲んでも問題ない透き通った水だそうで、これで水不足が解消されると街中大喜びです」

　彼は言葉を一旦切ると、クロエの目を真っすぐ見た。

「本当に秘密でいいのですか。みんな感謝していますよ」

「秘密の方がいいです。思った以上に大騒ぎになっていますし、この状態であれこれ聞かれるのも面倒なので」

　さっぱりと答えるクロエに、「そうですか」とアルベルトが目を伏せる。考えるように黙った後、ゆっくりと口を開いた。

「……では、せめてお祝いに行きませんか」

「お祝い？」

「はい、女神像復活の。二人だけですれば秘密も守れます」

「いいですね、行きましょうか」

　それくらいならとクロエがうなずくと、アルベルトは嬉しそうに笑った。

「では、少し離れてはいますが、アレッタの街に行きましょうか。大きな街ですから美味しい店もありますし、ココさんが行きたがっていた図書館もありますよ」

「いいですね、ぜひ行きましょう」

　彼女の嬉しそうな顔を見て、アルベルトが照れるのを隠すように片手で眼鏡を上げる。

その後、アレッタの街へ行く日取りを決めたクロエは、ギルドの建物を出た。

相変わらず暑いけれど、どこか楽しげな雰囲気の大通りを歩いて中央広場に向かう。

そして、水の中に佇むたたず女神像と、嬉しそうに水に触れる人々をながめながら、

「よかった」

とつぶやくと、満足げに店へと戻っていった。

## 四．薬師ココ、手紙を書く

サイファの街に来て八か月、澄んだ水色の空が美しい秋の午後。

厚手のジャケットを羽織ったクロエが、買い物包みを抱えて石畳の上をのんびりと歩いていた。

（もうすっかり秋ね）

頬に心地よい冷たい風を感じながら、紅葉した街路樹をながめつつ、ゆっくりと歩く。途中、中央広場で水をたたえる女神像の前で足を止め、軽く頭を下げて挨拶をする。

そして店に近づいた彼女は、ふとそこに見たことのある男性が立っているのに気がついた。大きな鞄を肩から下げている。

（もしかして）

足早に近づくと、男性がクロエに気づいて帽子を取った。

「こんにちは、ココさん。ランズ商会からお届け物です」

「ありがとうございます。どうぞお入りください」

きっと手紙だわと思いながら、いそいそと店の鍵を開けて店舗に迎え入れる。

男性は勧められた丸椅子に座ると、鞄から小包を取り出した。中に入っていたのは本とお菓子。そして箱の底の二重になっている部分を開くと、『Cへ』と書かれた封筒が入っていた。

「これは」

「ソリティド公爵家様からです」

取り出して封を開けると、中には綺麗に折り畳んだ香りのよい便箋が入っており、見覚えのある女性の美しい字でこう綴ってあった。

『親愛なるわたくしのお友達へ
日ごとに寒さが身にしみる頃となってまいりましたが、いかがお過ごしでしょうか。

こちらは穏やかに過ごしております。

例の件についても、ようやく落ち着きまして、近いうちに元の屋敷に戻る予定にしております。

先日元同級だった方々が三名ほど来訪されまして、皆様貴女のことを気にされておりました。お兄様もとても気になさっているようで、会う度に便りはないかと尋ねられます。この前は、たまたま領地にいらした貴女のお兄様からも、貴女の近況を聞かれました。皆、気にしておりますので、安否だけではなく、ぜひ近況をお知らせ頂ければと存じます。』

手紙には、続けてコンスタンスの近況やオスカーの様子などが、他人が読んでも分からないような遠回しな表現で綴られていた。

読み終わったクロエは思った。なるほど、これは心配だから近況を書いた手紙を寄越せということだなと。

(そういえば、安否は知らせたけど、コンスタンスがくれたみたいな近況を知らせる手紙は書いてなかったわね)

彼女は顔を上げて男性を見た。

「いつまでこの街にいるのですか?」

「買い付けを頼まれてますんで、それが終わったら、……多分明日の昼くらいには出ると思います」

「じゃあ、明日昼前に寄ってもらうことはできますか?」

「ええ、もちろんです。それじゃあ、また明日」

お辞儀をしながら店から出ていく男性を見送ったあと、クロエは店舗の鍵を閉めて雑然とした作業場に入った。

引き出しをガサゴソ探して便箋とペンを取り出すと、作業机の前に座って腕捲りをする。

(さあ、書くわよ、手紙)

静かな作業場で、少し考えては書いて、少し考えては書いて、を繰り返す。

そして出来上がった手紙を読み上げて、彼女はため息をついた。

「なんか違う、これじゃあ業務日誌だわ」

日常を書こうとしたら、なぜか分析した古代魔道具の話と店の売り上げの話で埋め尽くされてしまった。多分求められているのはこういうのではない。

(よく考えてみたら、わたし、三行以上の手紙を書いたことがないわ)

手本にしようと、再度コンスタンスからの手紙を読むが、上級者すぎてどこをどう真似れば良いのかが分からない。

(こういう時は、アレしかないわね)

クロエは上着を羽織ると、店の外に出た。夕方の心地よい風を頬に感じながら冒険者ギルドに向かう。

建物に入ると、すぐにアルベルトが笑顔で出てきてくれた。

「ココさん、こんにちは、今日はどうされました」

「はい、手紙の書き方が書いてある参考書を借りたくて」

「手紙の書き方、ですか」とアルベルトが考え込む。「手紙を書く際のマナーが知りたいということですか？」

「いえ、内容です。一般的にはどんなことを書くのかが知りたくて」

アルベルトが難しい顔をした。

「内容についての本はないかもしれませんね。マナーに関する本ならありますが」

そう言いながら持ってきてくれたのは、『やさしい手紙の書き方』という本で、パラパラとめくると、手紙の最初に何を書くべきか、最後は何という言葉で結ぶべきか、などマナーに関することが書かれていた。

「きっと知りたいのは、こういったことではないのですよね？」

「はい……」

ややガッカリした顔をするクロエを切なそうにながめながら、アルベルトが考え込む。逡巡（しゅんじゅん）の末、ゆっくりと口を開いた。

「思いますに、そんなに型にはまらなくても良いのではないでしょうか。要は読んだ人に伝わればいいので。──失礼ですが、どのような手紙が書きたいのですか？」

「心配性の友達を安心させるような手紙です」

「そのご友人は女性ですか？」

「はい、女性です」

そうですか、と少しホッとした顔をすると、アルベルトが考えながら口を開いた。

「であれば、住んでいる場所の治安が良いかは気になるのではないでしょうか。他には、地域に馴染めているか、友達ができたか、などでしょうか」

なるほど、とクロエは熱心にうなずいた。

廃校舎に住んでいたのをあれだけ心配していたコンスタンスのことだ。住環境については今もきっと気にしているに違いない。

「ありがとうございます、アルベルトさん。それ書いてみようと思います」

「お役に立てて良かったです。困ったらいつでも来てください」

アルベルトに見送られて建物を出るクロエ。ついでに買い物をしていこうと道具屋に寄ると、ナタリアが出てきた。

「こんにちは、ココさん、何かお探し？」

水などの買い物を済ませてお金を払うと、クロエは彼女に尋ねた。

「もしも別の街に引っ越した友達から手紙をもらうとして、その友達の手紙に何が書いてあったら嬉しいですか？」

そうねえ、と顎に指を当てて考え込むナタリア。

「やっぱり交友関係かしら。そのへんは気になるから、特に異性関係については詳しく知りたくなるわよね」

ふむふむなるほど、と思いながらお礼を言って店を出る。

その後、ついでにチェルシーにも意見を聞いてみようと虎の尾亭に行くと、開店準備が終わったチェルシーとマスターが一休みをしていた。

「こんにちは、ココさん、ごめんなさいね、まだ開店じゃないのよ」

「こっちこそ開店前にごめん。実は相談があって」

「相談？」

かくかくしかじか、と手紙を書く内容について相談すると、チェルシーは「そうねえ」と考え込んだ。

「わたしだったら、美味しい料理があるかとか、近くに観光名所があるかとか気になるかしら。遊びに行くのが楽しみになるじゃない」

「そうだな。食に関しては気になるな」とマスターも同意する。

「あとは何か面白い話かしら。ココさんが犬を拾った話とか面白いんじゃない？」

ほうほう、と心の中にメモをするクロエ。これだけネタが揃えば手紙が書ける。

「ありがとう、チェルシー、マスター、これで良い手紙が書けそうだ」

「どういたしまして、またあとでね」


そして、その夜。

虎の尾亭に夕飯を食べに行ったあと、クロエはランプの下で手紙を書いた。

『親愛なる友人へ
お元気そうで何よりです。わたしはとても元気で毎日仕事と勉学に勤しんでいます。
こちらは素晴らしい教材がたくさんあるため、勉強のネタに事欠きません。この前は街の中心にある教材をいじりました。少し騒ぎになりましたが、とても勉強になりました。
住んでいる場所はとても良い所です。ここ一年ほど犯罪が起こっていないそうで、とても安全な街です。そのせいか衛兵の人たちも暇そうで、よく道端でカード遊びをしています。

人もみんな親切で、買い物に行くとたまにボラれますが、大体はおまけしてくれます。

美味しい店も多く、最近は鳥をその場で捌いて焼いてくれる屋台が気に入ってよく行っています。

そうそう、仲の良い友達が三人もできました。

一人は、酒場に勤めている年が少し下の女の子です。とてもお酒が強く、よく店の常連客が潰されています。街にすぐに馴染めたのは彼女と酒場のマスターのお陰だと思います。

二人目は、道具屋のお姉さんです。すごくモテるらしく、今彼氏が四人もいるそうで、会う度に可愛い子を紹介するわよと言われます。

三人目は、この街に来てからずっと面倒を見てくれる○様と同じ年の男性です。よく食事や遊びに誘ってくれます。

先月末の休みの日も誘ってもらって、隣街にある、このあたりで一番の観光名所に行ってきました。景色がとても綺麗な所で、夜は星が綺麗に見えるらしく、暖かくなったら泊まりがけで来ようという話になりました。

あと、少し前に犬を拾いました。毛並みが良い上品な犬で、オスカーという名前をつけました。屋台で買ったお肉を半分こしたり、一緒の枕でお昼寝したり、とても楽しく過ごしていたのですが、飼い主のところに帰ってしまって、とても寂しい気持ちになりました。

こちらはこんな感じで元気に暮らしていますので、どうぞご安心ください。

また手紙を書きます。

寒くなってきましたので、風邪などに気をつけてください。

あなたの友人Cより

追伸　O様と兄によろしくお伝えください。』

「完璧だわ」

手紙を読み返して満足げにうなずくクロエ。

そして手紙を折って封筒に入れると、「さあ、今日も張り切っていくわよ」と作業台の上に古代魔道具を取り出した。オレンジ色のランプの光の下、メモを取りながら丁寧に分解を始める。

シンとした作業場に、カチャカチャと響く金属音。

窓の外には、丸い月が静かに輝いていた。

# 騎士たちの会話

クロエが手紙をランズ商会の使いに渡した、約一か月後。

ブライト王国の騎士団本部にある、分厚い緑色の絨毯が敷き詰められた薄暗い執務室にて、王弟セドリックが窓の外をながめていた。

外はあいにくの空模様で、低く垂れこめた灰色の雲から絶え間なく降る雨が、冷たく降り注いでいる。

(最近こんな天気ばかりだな。お陰で運動不足だ)

そんなことを考えていると、執務室のドアがノックされ、騎士服姿の長身の青年が入ってきた。

「よく来てくれたな、オスカー。すまないな、急に呼び出して」

「いや、俺も用事があったからちょうど良かった」

そう言いながら、勧められるがまま、中央に置いてある革張りのソファに座るオスカー。

その正面に座りながら、セドリックは思った。相変わらずクールだが、どことなくいつもと様子が違うなと。

（……さては）

彼はニヤニヤしながら口を開いた。

「もしかして彼女から手紙でも来たか」

「……」

「今更誤魔化すなよ。そうなのだろう？」

「……俺宛てではないがな」

どうやら妹のコンスタンスに、彼女——クロエ嬢から手紙が届いたらしい。

彼女が関わると本当に分かりやすいなと思いながらセドリックが尋ねた。

「コンスタンス嬢は元気か」

「ああ、元気だ。領に戻っていたのだが、つい先日王都に戻ってきた」

「そうか、落ち着いたようで何よりだ」

オスカーが「そうだな」とホッとした様子でうなずく。

セドリックはソファの背もたれにもたれかかると、オスカーをジッと見た。

今まで彼女から手紙が来たときは大体浮かれた様子だったが、今日はどことなく沈んだ雰囲気が漂っている。もしかして、あまり良くない内容だったのだろうか。

（病気や怪我であれば心配そうな顔をするだろうから、恐らくそういった内容ではな

いな）

思案の末、セドリックはニヤリと笑った。

「ははーん、さては、手紙に別の男の話題でも書いてあったか」

そして、動揺したように目を逸らすオスカーを見て、思わず立ち上がった。

「え、そうなのか⁉」

「……妹にきた手紙だ、内容は言えない」

「まさか向こうで結婚するのか⁉」

「……友人と書いてあった」

とまあ、こんな感じでオスカーから強引に引き出した情報をつなぎあわせると、いつも三行程度の安否報告しかしてこない彼女から珍しく長い手紙が届き、そこに「親しい男性の友人ができた」といったことが書かれていたらしい。

読めない表情で黙り込む友人をながめながら、セドリックは腕を組んで考え込んだ。

普通に聞いたら「いい人ができたのだな」と思う状況だが、相手はあのクロエ嬢だ。相手が百歳近い職人の爺（じい）さんの可能性もある。

そう思って慰めるように「相手は百歳かもしれないぞ」と言ってみたのだが、難しい顔で黙り込まれた。

（あ、相手は若いんだな）と察するセドリック。

執務室に何とも言えない沈黙が流れる。

言いたいことは色々あるが、言ったら駄目なやつだろうとセドリックが悩んでいると、沈黙を破るようにオスカーが口を開いた。

「ところで、そっちこそ浮かない顔をしているぞ、どうしたんだ？　呼んだということは何かあるのだろう？」

そうだった、それが今日の本題だった、とセドリックはため息をつくと、座り直して声を潜めた。

「最近王宮で何か飲み食いしたことはあるか？」

「……二週間ほど前に茶を出されて飲んだが」

「何か違和感はなかったか？」

「いや、特に何も感じなかったが、一体どうしたんだ？」

セドリックが更に声を潜めた。

「実は、ここ数か月、王宮内部の水に違和感を覚えることがある」

オスカーが眉をピクリと動かす。

外から聞こえてくる雨の音が大きくなる。

ややあって、オスカーが険しい顔で口を開いた。

「どういった違和感だ」

「何か異物が入っているような、そんな感じだ」

三か月ほど前から、たまに感じるようになった、ほんのわずかな違和感。王宮の水差しで水を飲んだときや、王宮で食事をしたときに飲んだ茶などに感じて、飲むのをやめたこともある。

他の者に尋ねても首をかしげられるばかりなので、最初は気のせいかと思っていたが、あまりにも続くため気のせいでは済まないと考え始めた。

オスカーは目を見開いた。

「大事じゃないか」

「ああ、そう思って、二か月ほど前に王宮付きの薬師に井戸の水を全て調べさせたのだが、異常はないと断言された」

「体調を崩している者は？」

「毒見の者を含めていない。だから薬師には気のせいだろうと言われた。だが、やはり気のせいではない気がして、水質関係や井戸の専門家たちにも調べさせたのだが、それも異常はないと言われた」

「違和感は？」

「残念ながら、今でもたまに感じる」

違和感を覚えた井戸については封鎖させているが、それでも感じることがあると言うと、オスカーがすっと目を細めた。

「貴方（あなた）の勘は当たる。俺はもっと調べた方がいいように思う」

「俺もそう思う。先日出席した外交パーティで、隣国にどんな毒物でも分析できる者がいるという噂を聞いた。このまま違和感が収まらないのであれば、その者の力を借りた方がいいかもしれない」

「そうだな、そうした方がいい」

今後について話し合う二人。

そして、「この仕事が一段落したら、遅くとも暖かくなる前に、長めの休暇を取る」と宣言したオスカーが執務室を出ていく頃には、雨は雪へと変わっていた。

（次巻へ続く）

# あとがき

こんにちは、はじめまして。優木凛々（ゆうきりんりん）と申します。

このたびは本作を手に取りお読みいただきまして、ありがとうございます。

あとがきということで、今回はこの物語を書いた切っ掛けのようなものを書ければと思っております。

かなり前の話になりますが、私は中国の西部に位置するタクラマカン砂漠周辺をシルクロードに沿って旅したことがあります。

季節は夏。サウナに放り込まれたような乾いた暑さのなか、日本では見ることのできない砂漠の風景や、イスラム文化の影響を強く感じる異国情緒溢（あふ）れた街など、見たことのない景色を堪能（たんのう）していた私でしたが、とある街でトラブルに見舞われました。

腕を虫に刺されて、赤く腫れ上がってしまったのです。

日本には居ないような強力な虫だったのか、持っていた日本製の虫刺され薬は全く効かず、これはいかんと現地の人に相談したところ、とある薬屋を紹介されました。

「こういった腫れによく効く薬を売っている。良心的な値段の良い店だから、行くといい」

描いてもらったアラビア文字の踊る不思議な地図を頼りに迷いながら行った店は、異国の雰囲気が漂う通りに面した白壁の小さい店でした。

中に入ると、まず目に入ったのは使い込まれた木のカウンター。その奥では、中性的な雰囲気の少女が、古風な扇風機に吹かれながら、うとうとしていました。

こんな子どもが店番なんて、この薬屋大丈夫かなと内心不安になる私をよそに、少女は私の腕にある虫刺され跡を注意深く観察し、塗り薬を出してきてくれました。

「コレは虫刺され用の薬なのデスカ？」

「何にでも効きマス」

「何にデモ」

「ハイ」

そんな会話をして、薬を買って店を出たわけですが、この薬の効きが、本当に人間が使って良いものなのだろうかと不安になるほど良かったせいか、店と少女（もしかすると成人だったかもしれません）が可愛らしかったせいか、日本に帰ってもこの出来事がずっと頭の中に残っていました。

だから、半年ほど前に新しい話を書こうと筆を執った時、本当に自然に「あの店と少女が出てくる話を書こう」と思いました。

そこからは、この薬屋を念頭に物語を作っていきました。

作っているうちに、店番をしていた中性的な少女が魔道具オタクになったり、婚約破棄騒動に巻き込まれたり、クールな騎士に気に入られたりと、予想外の話になりましたが、どうにか形にすることができ、ありがたいことに本になりました。読んでいただいた皆様には、感謝しかありません。

さて、本作でサイファの街で薬屋として活躍しているクロエですが、次巻では思わぬ人物が彼女の店に現れます。そう、オスカーです。サイファの街で、クロエとオスカーは一体何をするのか。そのとき、アルベルトはどう行動するのか。ナロウ王子とプリシラは何を考えているのか。婚約破棄から始まった一連の騒動は、どのような結末を迎えるのか。

現在、次巻を鋭意執筆中です。近いうちにお届けできると思いますので、ぜひお手にとっていただけると嬉しいです。

また、同時にコミカライズ企画も進行中です。こちらもぜひ楽しんでいただければと思います。

最後に、丁寧な指導をしてくださった編集者様、美麗なイラストを描いてくださったくにみつ様、その他、関わってくださったすべての皆様に、この場を借りてお礼を申し上げます。

それでは、また次巻で。

二〇二三年 夏　優木凛々

<初出>

本書は、「小説家になろう」に掲載された『どうも、前世で殺戮の魔道具を作っていた子爵令嬢です。』を加筆・修正したものです。

※「小説家になろう」は株式会社ヒナプロジェクトの登録商標です。

メディアワークス文庫

# どうも、前世で殺戮の魔道具を作っていた子爵令嬢です。1

優木凛々

2023年9月25日　初版発行

発行者　山下直久
発行　株式会社KADOKAWA
〒102-8177　東京都千代田区富士見2-13-3
0570-002-301（ナビダイヤル）
装丁者　渡辺宏一（有限会社ニイナナニイゴオ）
印刷　株式会社暁印刷
製本　株式会社暁印刷



●お問い合わせ
https://www.kadokawa.co.jp/（「お問い合わせ」へお進みください）
※内容によっては、お答えできない場合があります。
※サポートは日本国内のみとさせていただきます。
※Japanese text only

※定価はカバーに表示してあります。


Printed in Japan
ISBN978-4-04-915302-6 C0193

メディアワークス文庫　https://mwbunko.com/

本書に対するご意見、ご感想をお寄せください。

**あて先**
〒102-8177　東京都千代田区富士見2-13-3
メディアワークス文庫編集部
「優木凛々先生」係

**ワケあり男装令嬢、ライバルから求婚される〈上〉「あなたとの結婚なんてお断りです！」**

**江本マシメサ**

**既刊2冊発売中！**

**“こんなはずではなかった！”**
**偽りから始まる、溺愛ラブストーリー！**

利害の一致から、弟の代わりにアダマント魔法学校に入学することになった伯爵家の令嬢・リオニー。

しかし、入学したその日からなぜか公爵家の嫡男・アドルフに目をつけられてしまう。何かとライバル視してくる彼に嫌気が差していたある日、父親から結婚相手が決まったと告げられた。その相手とは、まさかのアドルフで——!?

「さ、最悪だわ……！」

婚約を破棄させようと、我が儘な態度をとるリオニーだったが、アドルフは全てを優しく受け入れてくれて……？

メディアワークス文庫

# 軍神の花嫁

水芙蓉



**貴方への想いと、貴方からの想い。**

**それが私の剣と盾になる。**


「剣は鞘にお前を選んだ」

美しい長女と三女に挟まれ、目立つこともなく生きてきたオードル家の次女サクラは、「軍神」と呼ばれる皇子カイにそう告げられ、一夜にして彼の妃となる。

課せられた役割は、国を護る「破魔の剣」を留めるため、カイの側にいること、ただそれだけ。屋敷で籠の鳥となるサクラだが、持ち前の聡さと思いやりが冷徹なカイを少しずつ変えていき……。

すれ違いながらも愛を求める二人を、神々しいまでに美しく描くシンデレラロマンス。